人生十人十色 7

「人生十人十色 7」発刊委員会・編

文芸社

目次

忘れられない合唱コンクール

渡部　武彦

教室や廊下から声を合わせながら力強く、しかし流れるようで軽やかな歌声が校舎中に響いている。合唱コンクールを控えて、どのクラスもグランプリを目指し、真剣な面持ちで、しかしどこか心地よさそうで、楽しげな表情を浮かべ一生懸命に歌っている。合唱を通じてクラスがひとつになる素晴らしい時間だ。そんな頃になると、どうしても忘れられない思い出が私の心に甦ってくる。

数年前、

「今年は君らも3年やし、中学校で、いいや、大勢で合唱するのはこれが人生で最後かも知れん。これまで以上に今年の合唱コンクールがんばろうな！」

私は自分のクラスの生徒たちに向かって話していた。これまでの自分のクラスはというと、1年の時は優勝を狙えるまで高まりを見せたが、当日のハプニングで3位になり、2

年の時は入賞さえ逃した。でも、生徒たちには「一生懸命やったたし。みんながんばった」と、ねぎらいの言葉をかけた。しかし、今度は中学3年生だ。これまでとは違う思いが自分の中にあったし、生徒たちの表情にもそんな思いがあふれていた。

合唱曲をクラスのみんなと相談して決定した。実行委員や指揮者、ピアノ伴奏、パートリーダーなどすべて立候補でみんなも納得した。いよいよ合唱コンクールに向けての取り組みが始まる。今年はいけるぞって感じた。そんな時のことだ。

あることがきっかけで、妻が動けない状態になった。まだ、子どもたちが幼かった時のこと。体が衰弱し、食事ができないで、見る見るやせ細った。もともと少ない体重がさらに軽くなった。手首はつかむと折れそうなほどに細くなった。声も弱々しくやがて立って歩くこともできなくなった。病院に連れて行ったが、入院を拒んだ。子どもの世話もある。妻も一人にはできない。私は決意した。学校を退職して看病しようと。

周囲の説得で、結局、退職することはなかったが、それでも有給休暇などを利用し、何週間か続けて看病や子どもの世話をした。学校では、自分の代わりに何人かの先生が授業をしてくれた。副担任や学年主任の先生が中心になって学級の面倒を見てくれた。自分は家と病院と子どもの幼稚園、それに買い物にと足を運ぶ毎日が続いていた。しかし、学校のことが、特にクラスの生徒のことが気になってしかたなかった。

合唱コンクールの取り組みは担任不在で進んでいた。実行委員が中心になってよく声を出していた。特に女子のリーダーたちの頑張りはものすごかった。毎日必死で歌い、クラスのほとんどが喉を痛めるほど声を出した。副担任の先生が「今日は、もういいから」って制止するほど真剣だった。本来なら、認められることではないのかもしれないが、様子を見かねて、内緒でのど飴を生徒たちに舐めさせてくれた。

生徒が手紙をくれた。学級のことや合唱コンクールの取り組みなどいろいろ書いてくれた。しかも、自分たちの大変さをそっちのけで、担任の私や私の家族のことを気遣う言葉がいっぱい書かれていた。担任として何もできていない自分が申し訳なくて、悲しくて涙で文字が見えなくなった。生徒からの手紙には「合唱コンクールの日には、3年1組の歌うその時だけでいいから体育館に来てください」と付け加えられていた。あふれる涙が抑え切れなかった。

合唱コンクールには行きたかった。行きたかったが、行けなかった。行けない用事があった。大事な通院の日だった。

合唱コンクール当日。私は病院で妻の具合を案じながらも、そろそろ合唱が始まる時間かなど気になった。今頃、3年1組が歌っている。うまく歌えているか、心配だった。悔いのない合唱をしてほしいと願っていた。

診察が終わり帰宅したのは夕方だった。車を車庫に入れると、親しくしていただいているお隣の奥さんが近づいて来て教えてくださった。

「渡部さん、今日4時ごろ、たくさんの生徒さんが家の前に来てはったよ」

話は続いた。

「それでね、みんなが整列して歌を歌い始めたんよ。『先生、私たちの合唱を聞いてください』って言うてね。とても上手やった」

新しい住宅地に40名近くの生徒がやって来て、道路に整列して合唱する。その光景を頭に思い浮かべ、自分のクラスの生徒の純粋で素直な気持ちを考えると、また、あふれる涙が止められないでいた。

その日の夜、副担任の先生と電話で話ができた。結果は入賞できなかった。でも、3年1組の生徒は、当日のぎりぎりまで、練習に励んだ。声がかすれてしまった生徒が多くいた。本番は美しい声にならなかった。だけど、子どもたちの熱心さは十分伝わった。自分は1組の合唱を聴いていたが、涙が止まらなかった。最高の合唱だった。取り組みや生徒の思いを知っている私は帰りの会で生徒たちを褒めました……と、話してくださった。そして、最後に、1組のみんなは担任である先生に聞いてほしかった。みんなで先生に聞いてもらおう、って言って先生の家に全員で行ったんですよ、と付け加えてくれた。

私は返す言葉もなく、受話器を持ったまま泣くことしかできなかった。

それから時間が経過して、徐々に妻の容態も回復し、私は仕事に復帰した。私の生徒たちへの思いはこれまで以上に強く、クラスの絆は深いものになっていた。

私はこの素晴らしい生徒たちに自信を持って言った。

「合唱コンクールで叶わなかった夢を今度は次の行事でお返ししよう。絶対1位を勝ち取ろう！」

学級委員や実行委員を中心に学級全体で話し合いを繰り返し、個人の特性や希望を考慮したメンバー表を完成した。体育の授業では水泳が嫌いで欠席や見学をする生徒も、今回の水泳大会に向けて熱心に取り組んだ。体育担当の教員も驚いていた。

当日、全員が自分のできることに全力を尽くした。そして、この行事、水泳大会で3年1組は見事に1位を獲得した。

「1位になったら服を着たままプールに飛び込む。そして5時間目は祝勝会をしよう」

そう約束した私は、クラスのみんなにプールに落とされた。あふれんばかりの涙はプールの水に紛れた。

しかし、この時以来自分の中で合唱コンクールに対する思いは強く、特に3年生の合唱は格別な思いがある。できればあの時に自分が3年1組の生徒と一緒に取り組めていれば、そんな気持ちにはならなかったかもしれない。

「私はこのクラスのみんなとすごい合唱がしたい。だだ、一生懸命やったからいいというような合唱ではない。グランプリを勝ち取りみんなと嬉し泣きができる、そんな感動的な合唱をめざしたい。今、自分はそんな思いでいっぱいだ。最高に素敵な思い出をみんなとつくりたい。嬉し涙で喜びをみんなと分かち合いたい」

そんな思いを胸に、今年も学級担任の私はクラスの生徒たちと合唱コンクールに臨んでいる。

拝啓、十年後の母へ

藺

「お母さん、生きていますか。今も隣で笑っていますか。」

もしも世界で一番大切な人が、愛する人が隣からいなくなる日がきたら……。

そう考えた瞬間はありますか？

当たり前のように話して、笑いあって、時に喧嘩して、ぶつかり合う。そんなありふれた普通の毎日はあなたが当たった人生の宝くじ。あなたのそばにはいつも色んな奇跡が溢れています。そんな奇跡を見つけ、笑顔になれたなら、目の前の誰かに「ありがとう」と言える日が来るでしょう。そして今あなたの心が泣いているのなら、暗闇の中にいるのなら、どうか最後まで少しの光を探すことを諦めないでほしい。いつかきっと、その小さな光が大きな奇跡になってあなたを照らしてくれるでしょう。

これから話す物語は、私たち家族に起きた温かい奇跡のおはなしです。

母と私、そして家族が駆け抜けたこの日々が、またその日々の中で生まれた柔らかくも強い絆が、ほんの少しでも誰かの希望になることを祈っています。


二〇二一年十二月のある日、母からきた一件の通知に涙を流すことしかできなかった。

「繭、お母さん、がんになっちゃった。やっぱり繭の言った通りだったね。ごめんね」

それは私が大学を卒業して就職を機に上京し、社会人になって初めての年末年始休暇を控え、実家に帰省し家族に会えるのを心待ちにしながらも忙しい日々を過ごしていたある日の仕事帰り。いつも歩いていた夜の新宿の街は賑やかで煌びやかなはずなのに、そのキラキラした感じが、楽しそうに歩く人の群れが、私をもっと孤独へと突き放した。こんなにも街ゆく人の歩くスピードはゆっくりだったか。まるで時が止まったような、自分だけが周りの人とは違う世界に吹き飛ばされたような、そんな感じだった。母を失ってしまうのではないかという不安で押し潰されそうだった。

「やっぱり繭の言った通りだったね」というのは、数か月前、家族が私の住むアパートに遊びに来た時に、母は「少し胸に違和感があるから一度病院に言ってみようかな。風邪も引かないお母さんだから、大したことないだろうけどね」と言っていた。私は物凄く嫌な予感がした。幼い頃から私は第六感というのか、直感がよく当たる。母はよく私に「その不思議な力を無視しないでね」と言っていた。重大な時にふと働くこの不思議な力。だから私は恐る恐る、「もしかすると、お母さんの身体に良くないものが潜んでいるかもしれない」と伝えた。その時母は「大丈夫、大丈夫！」と言っていたけれど、いつも私の勘を無視しない母は、その時にきっと心構えをしただろう。

母が進行性乳がんのステージⅢだと告知された日から、これは現実かと迷う間もなく、急かされるように抗がん剤治療に向けての準備が次々と進んでいき、恐れていた闘病生活が始まった。

私が何より一番辛かったのは、抗がん剤の副作用で苦しむ母のそばにいられないことだった。吐き気や嘔吐で苦しむ母の背中をさすることも、体が痛いと苦しむ母にマッサージをしてあげることもできない。ただ唯一、母の姿が見えるビデオ通話で「きっと大丈夫。大丈夫だよ」と毎日伝え続けることしかできなかった。

そんな中でも母は、「繭が東京で輝く姿がお母さんの毎日の希望なんだ」と、何度も何度も一緒に前を向いてくれた。

そして数か月間の治療と手術を経たのち、母の身体に起こった一回目の奇跡を耳にする。主治医から告げられた言葉は「根治」。全乳がんのうち一％から五％といわれる稀な癌を患った母は、信じた奇跡の力で見事にがんを吹っ飛ばした。それから母の身体は次第に良くなり、私たちは元の暮らしへと戻っていった。はずだった。

一年半後の定期健診。肺への転移が見つかった。

「やっと一年経って伸びたこの髪も、また無くなっちゃうんだなあ」

そう悲しげに、髪を大事そうに触る母を見て、私にまたあの直感とやらの不思議な力が舞い降りた。そしてその時、私は大きな決断を下した。

「よし、母のもとへ戻ろう。そして母を生かそう」と。これまで父と妹が繋いでくれた母の命を今度は私が繋げそうだ。そう感じた。

これまでお世話になった東京での暮らしやお仕事とは一旦おさらば。今の私には、大切な人を守るためにやるべきことがある。

そうして始まった二回目の闘病生活は、それはそれは大変な日も多かったけれど、母を守りたい一心が、自然と家族の絆を紡いだ。まるで蚕が糸を吐き、繭を作るように。

以前よりも長い治療を終え半年経ったある日、一年半前に起きた奇跡を蘇らせるように、また同じ待合室に母と私は座っていた。

胸の鼓動が不安とともに高鳴る。でもどこか私には自信があった。絶対大丈夫。きっと治る。また奇跡が起きると心から信じた。潜在意識の奥底で強く信じた。そしてついに母の番号が表示され診察室へ。そこで主治医から告げられた一言目は、「血液検査の結果は良いのですが……」。

心の底から強く信じたはずなのに、悪い結果だったのか。そんなはずはないと前屈みで医師の話を真剣に聞いた。

「不思議な現象が起きています」

何が何だかわからなかった。不思議な現象とは、確かに母の身体の中にいた癌があり得ない程にみるみる消えているというのだ。こんなはずはないと医師も思ったそうだが、CT検査でとったレントゲン写真を二つ見比べても、確かにあった複数の影は、素人の私でも見てわかるくらいほとんど無くなっていた。

やっぱり私の直感は本物だ。そう、奇跡は何回だって起こせる。母と私は顔を見合わせ微笑んだ。

父は私を「陰陽師みたいだ」と言う。平安時代に生きた、神秘的な能力を持つ安倍晴明という名の陰陽師に似ているというのだ。母はそれを聞いて「陰陽師——！」と体をいっぱいに使って真似事をする。それをみた私と父と妹は、腹筋が割れるくらいに大笑いをした。母もつられて大笑いをした。そこにいる母の身体には、もうがんなんて一ミリも残っていない、そう確信した。今隣で笑っている母をみて、それがどれ程幸せに溢れた瞬間であるかを、私たち家族は感じている。

そういえば、ずっと前に母からこんな話を聞いたことがある。「繭は奇跡の子なんだよ。流産になりかけ可能性が低い中で、お母さんのお腹に精一杯にしがみつき、生まれてきてくれた」と。

その時感じた。母が信じる私の持つ力は、母を助けるために天から授かった贈り物。

そして母は時々言う。「お母さんのせいで繭の人生を左右しちゃってごめんね。大好きな会社も辞めることになってごめんね」

天を仰ぐ、お空に近づいて行きそうなゆらゆら揺れる凧はいつも子を笑顔にし、地に足をつけ、凧を繋ぐ糸を持ち走る子はいつも笑っているではないか。互いの状況で、たとえ左右し合いながら生きる人生でも、それが互いの笑顔になるのなら、そう望むのなら、これからもその糸をしっかりと握り、凧の行き先を笑って駆け抜けたい。

まだまだ続く長い人生が笑いと希望に満ち溢れた道になりますように。

「拝啓、十年後の母へ。ずっとずっと愛しています。」

料理学校卒業とその後

具志堅　さわ

二〇〇四年三月に三十年余り勤めた仕事を五十七歳で早期退職してから二十年があっという間に過ぎた。その間には多くの人達との出会い、子供の結婚、孫の誕生、自身の病気、家族や友人との死別等様々なことがあった。その中で特筆すべきことは料理学校に通ったこととその後に自ら料理教室を開いたことである。教室というほどの物でもなく料理サークルといった方がしっくりくる。元々料理は食べるのも作るのも好きで退職したら本格的に習いたいと思っていた。運よくオープンしたばかりの料理学校が市内にあるという情報を基に資料を取り寄せて即決した。退職から半年が過ぎた時である。

学校のカリキュラムは初級科、中級科、上級科と分かれており、まず初級科からスタートし週一回の授業を四十回受け、約一年で終える内容である。希望すれば続けて中級科、上級科へと進むことが出来る。授業内容は和食、西洋料理、中華料理、韓国料理、琉球料理を中心にバラエティに富んだ内容となっている。授業は学校長の先生が主に担当された。先生は五十代前半で物腰柔らかな紳士でありながらどこか少年のように純粋な心の持ち主で生徒から絶大な信頼と人気を誇っていた。

県内の有名ホテルの料理長から転身され懇切丁寧な指導と美しい器に盛り付けられた料理は長年主婦として台所を預かっている者でも目からうろこが落ちることも多々あった。新しい発見が次々とある中で特に印象深いことがある。市販のオリーブオイルが二種類あるということ、西洋料理と洋食は異なること、またパスタの作り方等である。これまで自己流で作ってきたパスタはパスタではなく焼きそばもどきに近いものであった。習ったパスタを忠実に作って家族に提供すると「ホテルで食べているみたい」と絶賛されたのは嬉しかった。

授業以外にも県内ホテルでのテーブルマナー講習会、東京での有名ホテルの総料理長による料理講習会、スープで有名な料理研究家を料理学校へお招きしスープ作りの実践と講演等へ参加する機会もあった。超一流の先生方の料理講習を目の当たりにした時の感動は言葉では表せない。このような貴重な機会に巡り合えたのは幸運であり奇跡でもあった。

初級科終了後、中級科、上級科と進みトータルで二五〇以上の料理を習い、三年以上かかって晴れて卒業することが出来た。

その頃には料理に関して自分なりにある程度の知識と自信がついた。卒業後は家族に習ったメニューを復習しながら食卓に並べると本格的だと褒めてくれ三年間の努力が報われた瞬間である。

ある日、喫茶店で友人とランチを楽しんでいると姉と慕う仲の良い先輩で喫茶店の店主でもある友人に、

「ねえ、お料理学校卒業したんでしょう？　私達に教えてくれない？」と突然声をかけられた。

「家族のために通った料理学校だから人に教えるほどの自信はないの」と躊躇する私に「私の喫茶店は日曜日は休みだからここで月に一回でいいからお願いね。折角習った料理を家族のためだけではもったいないでしょ？　復習のつもりで気楽にやったらいいよ」と有無を言わさない。彼女は職場の先輩で、朗らかで包容力があり誰からも慕われる人柄で、周りを温かくしてくれる太陽のような存在の先輩で、私も一目置いている。信頼する先輩の申し出を無下に断ることも出来ず「しばらく考えさせてね」と返事した。何日かして、肩肘張らず自然体で出来ることからしてみようかなと心境に変化が表れ、清水の舞台から飛び降りる気持ちで承《う》けることにした。まさかこれがその後約十一年も続くことになるとはその時は誰も予想出来なかった。

二〇〇八年三月、喫茶店での料理教室がスタートした。メンバーは声掛けをした先輩、私の友人、その友人、喫茶店の常連さんの四人である。何しろ料理はおろか人に物を教え

るという経験は仕事以外ではないので緊張したがレシピに則り慎重に進めた結果、記念すべき第一回の料理教室は無事に終えることが出来ホッとした。その後、この四名がそれぞれの友人知人に声をかけ一人増え二人増えして最終的にキッチンスペース限界の十名まで増えた。この十名は料理好きとあって以後ずっと継続することになる。

メニューは琉球料理をはじめ、和食、西洋料理、中華料理等多岐にわたり、普段の料理やおもてなしの料理などと工夫を凝らした。料理学校で習ったレシピを参考にアレンジを加えたり解らないところはインターネットで調べたり料理の本を購入して調べたりした。出来る限り旬の食材を使うようにし、また地産地消も心掛けた。その時のメニューに関する歴史や背景、食材や調味料についてもレシピの備考欄に記載してより深く理解出来るようにした。これは生徒から好評だった。試食タイムはワイワイガヤガヤと情報交換の場となり作る時間より長くなることも多々あった。

料理を作ること以外にも食にまつわることも実施した。料理学校での経験を生かして、有名ホテルでのディナー、食事のマナー、中国茶のセミナー、知人がやっている郊外の喫茶店で日本茶と紅茶のセミナー等である。これらの企画は視野を広げてほしいという目的もあるが非日常を味わってほしいという側面もある。また新年会や忘年会、バスツアー、一泊旅行、暑気払い等も開催し親睦を深める機会を持った。企画は主に一人だが実施に当たっては生徒の協力もあって全然苦にならずむしろ生徒の喜びは自分の喜びとなり楽しみでもあった。しかしすべて順風満帆かと言われれば必ずしもそうでもない。十人十色といわれるように、十人の中にはリーダーになりたがる人、洗いものばかりする人、自分の意見を主張する人、無断で欠席する人等数え上げたらキリがない。ストレスに押しつぶされそうになることもあったがなぜ続けたのか？　それは、退職後に得られた生きがいと感じるようになったからである。やめるという選択肢はなかった。

教室を始めてから三年が経った頃に、野菜ソムリエの資格を取得、二〇一一年に日本野菜ソムリエ協会の認定料理教室に認定、二〇一三年には豆腐マイスターの認定書をいただいた。これらは授業内容を充実させるのに役立った。

このように続いてきた料理教室の終わりは突然にやってきた。

二〇一九年に流行しはじめた新型コロナウイルス感染症は瞬く間に世界を恐怖に陥れた。先が見えず、料理教室は一旦閉鎖することにした。この感染症が第二類から第五類に移行されたのは二〇二三年五月で四年があっという間に過ぎた。四年ぶりに一堂に会することにした。四年間のブランクは大きく私は料理教室を再開するという気持ちは信じられない程萎えてしまっていた。これまで続けられたことに感謝の意を表し、教室は閉鎖することを伝えた。その代わり、年に一～二回程度、情報交換を兼ねて親睦会を持つことを提案したところ、皆喜んで賛成してくれた。

私が六十代前半で始めた料理教室も今や七十代後半の立派な後期高齢者となり幕を下ろ

すことになり寂しさと安堵感が交差した複雑な心境に襲われた。

退職後の二十年のうち半分以上の歳月をこの素敵な人達と過ごせたことは、約四百五十種類の料理レシピと共に私の人生の宝物といっても過言ではない。この絆は何物にも邪魔されずずっと大切にしていきたいと思う。

貴重な場所を提供してくれ、陰になり日向になり支えてくれた尊敬する先輩は今年の三月に急逝してしまった。何よりも絆を大切にしていたので、天国から絆を喜んでいることでしょう。これまでありがとう。安らかに。

最後のぬくもり

荘　百合子

父は、何事においても主義みたいなものを持っていた人で、それは子供の私にも何となくだが、伝わっていた。「家族は一緒に暮らすもの」、「異文化への理解を深めよ」、きっとそんな主義の元、駐在先となったアパルトヘイト下（一九七三年当時）の南アフリカへ、家族全員を連れて行った。末っ子の私は小学生だったが、中高を現地校で過ごした三人の兄達は、日本の受験のレールから外れ、父の駐在期間終了後も長男と三男は南アに残り、次男は渡米、各々海外の大学で就学することとなった。皮肉にも、「家族一緒」の想いで始まった海外生活がきっかけとなり、私達家族は、自然とバラバラに……カッコつけた言い方をすれば「国際的」となり、子供達は、それぞれ日本を離れて暮らすことになった。ただ一人両親と共に帰国し、日本にて高等教育を受けた私でさえも、後には結婚を機に、夫の国、米国へと移住した。それは随分と前のこと、時代は平成と改まり、自らの人生も新舞台への幕開けだ……そんな晴々しさを身に纏《まと》い、渡米した。だが、末っ子の自分は、今まで常に両親の間に収まり、縛れているような振りをしながら、実はその場所が、ぬくぬくと温かいことも知っていた。もう子供じゃないないんだからと、ある種の覚悟を胸に新生活を始めるのだが、米国に住む多くの移住者、祖国を捨てざるを得ない状況にあった人達とは違い、それは覚悟というには甘っちょろいものだった。私は親孝行を名目に、毎年、休暇の度に里帰りをし、夢にまで見る母の手料理や、あの店のインドカリー、そして何と言っても築地のお寿司……等々を堪能した。母と一緒だから財布の心配も無用、デパ地下を巡り歩き、ゴーフルや栗羊羹……「特別なおやつ」とその甘い思い出を、紙袋いっぱいに詰め込んでゆく。私はそこで子供に戻り、日本に置いてきたものが「そのまま」であると確認し、安堵していた。けれども、現実の時は、先のみへ刻々と進み、ごく自然に、時には酷に、「そのまま」を打ち消してゆく。えっ……いつの間に、こんなに白髪？　何だか萎んだように見えるのは、丸まってきた背中のせい？　一年振りの親の姿から、早送りで活力が消費されたように見え始める。近くのデパートは大型家電店に様変わりし、遠出も人混みも勘弁と言う母とは、一緒に買い物に出る機会が減っていった。それでも、私は一人で都心のデパートへ赴き、スーツケースの重量を気にしながらも品々を買い漁った。

そのうち、自らの食欲や物欲を満たすためだけの買い物は、難しくなった。今晩のおかず、明日のミルクと卵、整腸剤、圧縮靴下、介護用パッド……頼まれた買い物リストを片手に、店から店へと歩き回っていると、当たり前すぎることが、今更のように胸を刺してきた。親は、歳をとる、歳をとっていずれは……あぁ、私はもう日本でも子供ではいられない。当たり前じゃないか、いい歳をして……いい歳をして、怖くなった。「また来年、みんな元気でね」、「ちゃんと食べろよ」、例年の見送りの言葉を後に玄関を出たのだけれど、背中に感じた父の主義は昔とは違い、「親は親、子供は子供、家族は家族。が、第一は自分の家族」、だった。

パチン、パチン……ランプに手を翳し、爪を切る。メトロノームだったらラルゴくらいのテンポかな。老眼鏡を通した指先に焦点を合わせるには、このくらいの間延びが要る。その「間」に、あのフレーズが、三日月型のカケラに紛れ、ティッシュペーパーの上に見えるようになった。

——親の死に目に会えない……

迷信なんてバカバカしい！　なのに、そこに油性ペンで書き付けられたかのように、消えてはくれない。私は、ティッシュを丸めゴミ箱に放り込む。今年も日本行きのチケット、予約しなくては……湯冷めした両手に、ハンドクリームを擦り合わせながらベッドに潜り込んだ。

父は、養護施設の部屋のベッドに横たわっていた。

「テレビ、つけようか」

「いい、まだ幕下だ……」

そう言って、黒い画面をじっと見つめていた。帰省時は、夏場所をやっている。私が分かるのは、千代の富士や北の湖が横綱だった昭和の時代。今は誰が強いのと、尋ねようとしたけれど、父はそっぽを向いたまま。ベッドサイドテーブルには、かなり分厚い本がある。タイトルは『進化：生命のたどる道』。何でも、まずは知識から入る人だ。今も、全てを消費しつつある己の身体を根本から理解することで、その「最後」に挑もうとしているのか……よかった、「恍惚の人」と化したわけではない。ただ、以前のように書物を評することはなかった。

「パパ、またね。また来るから、来年の夏……元気でね」

父は顎を僅かに引き下げ、多分、頷いた。振り向き、振り向き、部屋を出て、ドアの隙間に捉えた父の視線は、脆くも切迫感があり、何かを訴えていた。

――来年の夏まで元気でいろ？　勘弁してくれよ……

その約二か月後、父の永眠の知らせを受けた。施設のベッドで黒いテレビ画面を見据えていたのが、私が見た父の最後の姿となった……やっぱり。アメリカの私の家に、父が触れた物は最初からない。なのに、いつも「ここ」に有った父の所有物が、大きな穴だけを残し、消え去ったのを感じた。空《くう》の中に、父の最後の姿を描こうとする。姿だけではもの足りず、肉声をも呼び起こそうと……が、最後に父と何を語ったのか……分からない。ポッカリと空いた穴は、父からは遠かった筈のこの場所も、確かに変えていた。

コロナが収まり、三年振りに帰省した。母は、僅かな手助けがあれば自立できる状態を維持し、施設で暮らしている。けれども、コロナ禍でのストレス、年相応の体調不良も嵩み、「不味い」「痛い」「できない」の不満の数々が増していた。夫を見送り、その十年前には、訳あって持ち家を手放すことになり、育て上げた四人の子供のうち三人は今も海外に散らばっている。寂しいに決まっている。なのに私は、母の心を労るどころか、戒めたり、時には遺影の中の父を咎めたりもした。

——そもそもパパのせい、ママが一人になったのは。パパの外国かぶれ、パパが家を、みんなが帰れる場所を失くしたから！

その都度反省はする、親には永遠に強くあってほしい子供の我儘だと。

写真立ては、窓際の鉢植えの花々の方を向くように、少し斜めにして置かれている。母の趣味は昔から園芸で、腕は大したもの。父は母の育てるものを、今も側で一緒に眺めているよう……母は、花々に水を注ぎ、ガラス越しの上空に向け、語り出す。

「もう薔薇の季節……覚えてる？　アフリカの庭の薔薇。夏もカラッとしていたから本当によく育ったね。それから、ブーゲンビリアのあの鮮やかな色！」

私は、母と記憶を共有できる安らぎに浸りながら、母の語りに耳を和ませる。

「パパのお陰で、普通だったら気軽に行けないような所にも行けた……アメリカでは世界一流のオペラも見たし。南アフリカも良かったねぇ、お花も沢山育てていたし……それに家族みんなで一緒に過ごした最後の場所だから、ほんとうに、楽しかった……」

母の見る煌びやかな「最後」に、私は胸を打たれ、安堵した。長く生きてきた分、様々なものを失う度に訪れる「最後」が、虚しく滅びるものばかりではないことに。そして母は父の最後を語ってくれた。

――ありがとう、ありがとう……ありがとう……ありがとう……

父のその言葉は、糸のような息の根の限界まで、数えられない程繰り返されたそうだ。ぬくもりが心に染み渡り、少しずつ空洞を埋めてゆく。


私は、迷信の呪力に懲りることなく、やはり風呂上がりに爪を切りながら想う。「ただいま」と言える場と、「おかえりなさい」と言ってくれる人がいる限り、そこに帰ろうと。そして、いつかは必ず「最後」となる全てに宿るぬくもりを、愛しい人達と共に胸にずっと灯し続けていきたい……そうやって自らの「最後」を、恐れずに迎え入れることができたらいい……そう、願っている。

茄子

多佳子

茄子を煮る。いつの季節も、どんな時でも欠かすことなく作る母の為だけのおかず。細かく入れた隠し包丁を、母はいつも褒めてくれる。まるで私が初めて作ったかのように。母が認知症になった。居てほしい時にいつも居なかった母が、今ずっと側にいる。あんなにも求めた現実がこんなふうに訪れることを、あの日の自分に教えてあげたい。

母の異変を感じた頃、私の耳には自分の家庭が壊れていく音が聴こえていた。「厄年」、とはよく言ったものだ。母が倒れたことをきっかけに、調停・離婚・コロナ……あらゆることが次々と押し寄せた。

私は、幼い頃から母との関係に悩んできた。それでも、両親には可能な限り自宅で過ごしてほしいと願う。母への複雑な想いも、思春期に患った病も未だにここに在る。けれど、そのすぐ隣には、たった一つの確かな現実がある。

「母は私のたった一人の母であり、そしてその血の繋がるたった一人の娘を、私は心から愛している」という現実が。

これは物語と呼ぶにはあまりに拙い。小さな町で小さく暮らし、日々の出来事や母の言動に揺れ動く、そんな私の感情録である。

○月△日

母は母のまま病になり、性格はそのまま、記憶と能力だけを失くしていく。私もまた娘のまま、病も性格もそのままに母を看て、母に圧倒され、それでも母から離れられずにいる。

○月△日

母の不思議な言動に涙した翌日、穏やかに見守り好きにさせてあげられる自分がいる。その繰り返し。今日も平和だ。

○月△日

乳幼児を育てる体力と、思春期に寄り添う精神力。その二つを同時に必要とするのが、「親を看る」ということなのかもしれない。

○月△日
自分を責める心にアールグレイの華やかな香りが染みた。本当はこの香りに満たされていたいのだ。

○月△日
母の一言にスイッチが入る。生きる為に食べ、食べる為に生きる。生きる為に吐き、吐く為に食べる。罰当たりで持続させたくない循環。

○月△日
家族が好きだと言ったもの、誰かの為に作ったもの。どうしても食べられない。口にできるものが日毎に減っていく。体重と共に。

○月△日
母が娘の妹になった。子供のように拗《す》ねる母に、幼い日の娘を重ねる。愛おしさを覚えた。

○月△日
母の引き出しから、いつか祖母の施設で嗅いだ匂いがした。粗相を隠す場所が同じなのは、母娘だからなのか。

○月△日
成長と老化の反比例について、義務教育で教えてはくれないか。知っておいて損はないはず。

○月△日
身長とプライドの高さが近くなってきた母と娘。追い越すのは身長だけにしておくれ。

○月△日
「産まなきゃよかった」と言われる。
「産まれたくなかった」という言葉をトイレに流し、
「産んでくれてありがとう」とやはり想う。もうすぐ帰る娘に会えたから。

○月△日

生まれてきた意味も、病を患った意味も、母が私の母である意味も、私が母の娘である意味も。考えない、探さない。ただひたすらに信じるだけ。母を見送るその時に、母の娘として生まれたことを心から感謝できると。そして、そういう生き方が私にはできると。

○月△日

幾つもの産んであげられなかった命がある。彼らの命のお陰で娘と出会えた。繋がる命。貴方を愛するように、母のことを愛したい。

○月△日

認知症という病を患う母を看る、摂食障害という病を患う娘。どうか愛する娘と今日という一日が、穏やかで健やかでありますように……。

今日も母の為に茄子を煮る。目を瞑っても作れる母の好みの味で。人には生きた分だけそれぞれの「好みの味」がある。それは、その人の生き方が生んだ味。

人の数だけ「好みの味」があり、人の数だけ「生き方」がある。

母よ、貴方の最期のその日まで、私は欠かさず茄子を煮ます。貴方が天に召されたら、私は必ず茄子を煮ます。茄子は私も、大好きだったから。

重なる背中

綾瀬　三鳥

メープルの葉が赤く色づき始めた。窓からテレビに目を移すと、安楽死を選んだ女性のドキュメンタリーが流れていた。進行性の難病を患い、希望を見いだせない人生を歩む苦痛を抱えた女性は、スイスでの安楽死が認められ、静かにこの世を去っていった。「すごく幸せ」という最後の言葉は、安らぎに満ちていた。安楽死は「死の選択」であると同時に、人を生きやすくする「生の選択」でもあるのかもしれない。そんなふうに感じていた。

私がカナダに移住して十三年目の冬のこと。

「アー ユー レディー トゥ ダイ?」医者がそう義父に問いかけたのだと、夫が電話口で言う。声色から困惑している様子が窺えた。この質問が、安楽死の意思確認だからだ。

この前日、義父はＩＣＵに運ばれた。コロナ陽性になってから一週間、自宅療養中に急変したのだ。深夜に突然「スーパーに行く」と言い出し、支離滅裂な言動で家の中をひっくり返してしまったという。ただならぬ様子に、義母は救急車を呼んだ。

義父の血中酸素は七二％まで下がっていた。無症候性低酸素症、いわゆる「幸せな低酸素症」に陥っていたのだ。無症状のまま低酸素が進行し、突如として重症化した義父の容態は、予断を許さない状況だった。

酸素吸入をしながら鎮静の処置がとられた。そして、少し持ち直した義父に医師がかけた言葉が「死ぬ覚悟はできていますか？」だった。義父は一言「イエス」と答えたという。

私の暮らすカナダでは、二〇一六年に安楽死が合法化された。ここケベック州においては、患者の意思に伴って医師が致死薬を投与する「積極的安楽死」のみが認められている。高齢の義父母の周りでは既に数人が安楽死による最期を迎えていたが、家族の誰も、その詳細を知らなかった。常日頃「介護が必要になったら迷わず死を選ぶ」と強い意思を口にしていた義父でさえ、安楽死という最期はどこか他人事だったのかもしれない。ドキュメンタリーを観ていたあの日の私も同じだった。

医師は、義父が自宅に帰れる可能性はゼロだと断言した。確実に低酸素の後遺症が残るのだという。その程度は分からなかったが、義父が施設入所を望まないことは明らかだった。

私が病院に駆け付けると、義父は個室に隔離されていた。エプロン、マスク、手袋にフエイスガード、完全防備での面会だ。体を半分起こし、熱があるのか頭の上にタオルを乗せた義父が照れ臭そうな笑顔を見せた。昨日は混乱して外してしまったらしい点滴も、今日はきちんとつけている。

「ハイ」と声をかけると義父が軽く手をあげて私の名前を呼んだ。その後の言葉に詰まった私は、無言で義父のタオルを手に取り、氷を張った洗面器で冷やすと、また義父の頭に乗せた。私の戸惑いを察したように義父は少しうつむき、そして口をひらいた。

「俺は十二月十二日に逝く。夢をみたんだ」

十二日は明日だ。まるで神のお告げでも聞いたような口ぶりだったが、正気なのかせん妄の症状なのか分からないまま、ただ頷いて話を聞いた。この状態の義父に、安楽死の判断が出来るのだろうか。

ほどなく、家族が別室に呼ばれた。小学生の娘を連れていた私は席を外すことにした。こんな時でもお腹は空いて、自然と足がカフェテリアに向いた。状況を理解しているようなしていないような娘の足取りは軽かったが、あいにくカフェテリアは閉まっていた。すぐ隣にあった自動販売機も故障中だった。

今日はそんな日なのだ。食べ物にも飲み物にもありつけない、義父もよく分からないまま死んでしまう。全くイコールではないことを頭に並べて、「こんな日もあるね」と、肩を落とした娘に一声かけた。

病棟に戻ると、医師との話し合いを終えた夫が待っていた。今晩、薬を投与することに決まったという。投薬前に急変する可能性も、医師は否定しなかった。いずれにしても、残された時間はごくわずかということだ。

家族で過ごす最後の時間、義父は何でも好きな飲み物を口にして良いという。義父の好きなワインとビールを買いに行こうとする夫を止めて、私が車の鍵を手にした。夫は驚いた顔を見せた。何せ私は運転嫌いのペーパードライバーなのだ。「任せて」とは言ったものの、私に出来るだろうか、間に合って戻って来られるだろうか。湧き上がる不安を押し殺して運転席に乗り込んだ。いま自分にできる唯一のことだという思いが、私の背中を押した。深く深呼吸してからアクセルを踏むと、意外とスイスイ運転する自分に私自身が驚いた。

まずワインを買いに行った私は、レジで始まったキャンペーンの説明を右から左に聞き流し、この後の流れを頭の中で整理した。支払いを終えたら隣のスーパーでビールを買おう。あのビールならすぐに見つけられる。落ち着いて運転すれば二十分で病院に戻れるはずだ……。しかし、スーパーの冷蔵庫にあのビールは見当たらなかった。冷蔵庫の端から端まで何度も確認する。次第に焦りを感じ始めた私は、隣にいた男性に声をかけた。

「ビールを探すのを手伝ってもらえませんか？　義父の最後のビールなんです。早く買って病院に戻らないと……」

男性は意味が分からなかったに違いない。今にも死にそうな人にビールを飲ませるなんておかしな話だ。それでも男性は親切に売り場を回り、このビールは三十六本入りの箱売りのみだと教えてくれた。私はお礼を言うと、重いビールの箱を担いでレジに向かった。レジの手前で、義父がよく飲んでいたソーダが目に入った。病院の自動販売機が故障していたことを思い出し、一本手に取った。

病棟前で買い物袋を夫に託し、急ぎ足で病室に向かう。ガラス越しに私を見つけた義父は、笑顔で手を振った。間に合った……。これが義父と私の最後だ。病室へは入らなかった。私も笑って手を振り、踵《きびす》を返すと同時に涙がこぼれた。ボロボロと音がするような涙だった。

義父が亡くなったのはそれから三日後の真夜中だった。病室で一人、逝ってしまった。義父の言っていた「十二日」ではなかった。

最後の夜、義父母と夫は家族三人で他愛のない会話をして過ごしたという。義父が口にしたのは、レジ横で買ったソーダだった。一口飲んで「おいしい」と言っていたと夫が教えてくれた。そしてこの静かな時間に、結婚五十五年の夫婦の愛を感じたのだとも教えてくれた。

私はパパが大好きだった。頑固なタフガイで、常に自分らしくいる人だった。優しさと包容力が、周りにいる人を安心させた。私の自慢のパパだった。

目をみて「ありがとう」と言えば良かった、あたたかい手を握れば良かった……時折、後悔が私の頭をもたげる。義父は後悔していないだろうか。ソーダを飲むとそんな不安がこみあげてくる。私はぐっとそれを飲み込んで、「これで良いのだ」と自分に言い聞かせる。義父が選んだ最期なのだ。これが義父の生き様なのだ。

とは言え、皆が皆、義父の選択を受け入れたわけではなかった。義父の兄は、安楽死を止めなかった夫を責めた。仲の良かった義父と伯父、別れの辛さが理解や理性を凌駕し、感情を抑えることができなかったのだろう。

伯父の言葉を必死に受け止める夫の背中に、義父の後ろ姿が重なった。これから私は、この、大きな夫の背中を支えていけるだろうか。そして娘は、私たちの背中に何をみるのだろう。義父の背中を追いながら、私なりの生き様を模索する日々を送っている。

私と出会った母

榎本　多美子

三月半ば、職場で私の携帯電話が鳴った。母が定期受診のために訪れていた病院の医師からである。

「お母さんが待合室で倒れました。心停止していた状態です」

何を言われたのかが分からず、意味を理解した瞬間にはその場にしゃがみ込んでいた。

八十四歳、冠動脈ステント術を受けたものの思っていたほどには楽にならず、それでも誰の世話にもならずに、趣味を楽しみながら静かに暮らしていた母である。その死は、私と妹にとってはあまりに突然すぎたし、母にとっても早すぎた。

葬儀の際に司会者が切々と語る母の半生。昭和十三年生まれから逆算して考えられたのであろう言葉が続く。

「そして迎えた青春の日々、高度経済成長期の青春」

一九六〇年代、まさに高度経済成長の真っただ中。二十代前半の母に、はたして青春の時期があったのだろうか。二十二歳の彼女は、一歳の娘の母親となっていたのだった。

東京生まれの母は、太平洋戦争末期に和歌山県に疎開し、東京大空襲の難を逃れた。小学校一年生の時に終戦。一家は東京に戻ることなく、大阪市内での生活を余儀なくされた。

母は勉強が好きだったし、小中学校の成績も良かった。優秀な生徒の多い府立高校に進学し、大学で学ぶことを望んでいたものの、生活に余裕はなく下には弟が二人。難しいと両親から言われて、母は泣く泣く進学を諦めた。高校を卒業して就職したところは、有名な大手の繊維会社である。給料はおそらく家計の足しになったと思われるが、それでも自由に使えるお金を手にし、遊びにも行けた。まさに「高度経済成長期の青春」と言える。

ところが楽しい日々は長くは続かなかった。母のお母さんが亡くなったのである。母は会社を辞め、一家の主婦としての役割を果たすことになる。自身が子どもの時のことは時折話していた母だが、この頃の話はほとんど聞いたことがない。あまり良い思い出がなかったのかもしれない。

おそらく二、三年後に、父との縁談話が舞い込んだのだろう。そして、まだ一歳にもならない私と出会った。

一月下旬に私を産み、心臓病を悪化させた実母は五月半ばに亡くなったと、後に聞いたことがある。成長とともに、身近な人の顔を見分け、声を聞き分けるようになる大切な時期に、いったい誰を頼りにすればよいのか。漠然とした不安のなかに私は取り残されたままであった。誰に抱かれてもなかなか泣き止まない私だったが、なぜか初対面の母に対しては、泣かないどころか喜んで抱かれたらしい。そのことが、まだ二十二歳だった母に、私の母親になることを決心させたのであった。

一歳の誕生日、写真のなかで私を抱いているのは留袖姿の親戚である。この日、父と母との結婚式が執り行われた。着物を着ているところを見ると、私も参列していたということか。生母の喪も明けないうちだったが、幼い私は育ててくれる母親を必要としていた。周囲の人も父も焦っていたのか、あれよあれよという間に物事が進められていく。

「隠し通す」

それが、関係者全員の意向だった。

帯地のような布張りの表紙と厚手の台紙でできた、立派なアルバムの一ページ目にあるのは、お宮参りで親戚の女性に抱かれている写真。隣にいる筈の父母の姿はない。一歳以降の写真の多さに比して、この頃の枚数は極端に少ない。

幼稚園の年中クラスに入園した秋、東京オリンピックの直前に妹が生まれた。四歳半の私は、母のお腹が次第に大きくなるのを見ながら赤ちゃんの誕生を心待ちにしていた。母は若い頃から野次馬根性、よく言えば好奇心旺盛で、近所で救急車や消防車のサイレン音が聞こえると走り出す人だった。大きなお腹を抱え四歳児の手を引き、聖火リレーを見にいったらしい。その時の様子は、残念なことに記憶していない。

小学校一年生の六月、体調不良が続いた私はかかりつけ医から日赤病院を紹介され、受診。「特発性血小板減少性紫斑病」との診断を受け、その日のうちに入院することになった。母は可愛い盛りの妹を自身の弟夫婦に預け、小学校と病院に通う日々を始めた。

小学校ではその日の学習内容と宿題を確認し、病院で私に教える。私も勉強は好きだったので、母に教わりながら毎日の課題を終えた。翌日には仕上げた課題を先生に見せて、また学習内容と宿題を確認して病院にやってくる。私の入院は十月初旬まで続き、本格的な復学は十一月ごろだったにもかかわらず、学校では勉強で困ることがなかった。

「限られた命だったら好きにさせるけど、『治る』と言われてたからね」

と、後に母は語った。「毎日勉強ばかりさせて可哀想に」と責める人もいたらしい。

母の愛情は常に理知的なものだった。情趣的なものを多分に好む私は「冷たい」と感じることもあったが、実子である妹に対して必要以上に感情移入しないように、私との間に接し方の差が出ないようにと、母の理性が母性的なものを抑えていたのかもしれない。

私が真実を知ったのは、二十代の前半、必要があって戸籍抄本を取った時だった。かなり動揺したものの、「なるほど、そうだったのか」という納得の方が大きかった。今まで何となく感じていた、妹と母親に共通する雰囲気が私にはないという違和感の謎が解けたように思った。時折自宅を訪れていた「滋賀県に住むお祖母ちゃん」のことを好きだったのは、実母のお母さんだったからなのだと、妙にすっきりした気分にもなった。不思議と、「誰も本当のことを教えてくれなかった」という気持ちは全くなく、隠し通された潔さのようなものが勝っていた。

と同時に、「私が生まれてこなければ」という負い目のような感情が生じたことも事実である。私が生まれなければ、生みの母は命を落とさなかったかもしれない。今の母の人生も、今とは違ったものだったろう。自分の存在が、いけないことであるように思えた。

この感情は長い間、私を支配し続けた。

通夜の時も葬儀の時も、読経に導かれるように「母は私の母になったことを悔いていなかったか」ということばかりが繰り返される。

それでも、出棺の直前に私が母にかけた言葉はやはり「ごめんね」ではなく、「ありがとう」だった。私は確かに愛されていたのだ。

母の死後、妹と私は母の自宅のものを整理していた。通帳や保険証などが入っている引き出しに小さな封筒があり、私の母子手帳と実母に抱かれている写真が入っていた。「生きている限りは私がこの子の母だ」という母の矜持を感じるとともに、「生みの母はどれほど生きたかったことか」と思いを馳せる。

私は二人の母によって、今ここに存在する。

母の残したものを見ていると、美術館や展覧会でクリアファイルを買うことも、日記代わりに簡単な外出の内容や旅行先を記すことも、私と同じだったことに驚かされる。母の習性は、妹よりも私に多く引き継がれていた。

私と妹の目の前には、小ぶりの台紙に挟まれた、生母の葬儀の際の写真がある。

「白石家告別式」と書かれた看板の前で、誰よりも沈痛な表情を浮かべている二十八歳の父。隣には父の祖母、その隣で赤ん坊を抱いているのは、おそらく「滋賀のお祖母ちゃん」だろう。抱かれているのは生後四か月に満たない私。妻を亡くした夫、娘を亡くした母、母を亡くした娘の姿が、そこにはあった。

「世界でいちばん可哀想な赤ちゃんや」

妹がぽつりと言った。

この不憫な赤ん坊が、半年余りの後には世界でいちばん幸運な子どもになることを、写真のなかの誰ひとりとして知る由もなかった。

ラディカルな女

木村　萌木

コチラちゃこちゃん、只今荼毘《だび》に付され候。

兼ねてより我儘放題生きたと思う。このように天真爛漫に過ごせたことを嬉しく感ずると共に、うん、やはり嬉しく感ずる。

戦時中は嫌なものを見た。大人たちは汚れ、子供たちはすぐSHIんだ。汚泥のくさいくさい臭いが常にあった。嫌な空間だった。

水路の上に板を敷いて寝た。目覚めるとガキが減っていた。落ちた。流された。音もなくSHIんだ。繰り返される。そういう日常だった。

それでも私の枢軸は陽気だった。

家は菜に溢れていたので、平気で好き嫌いをした。青臭い野菜には手をつけなかった。何がいいの。胡瓜の。茄子の。

いっぱしの風呂もあって、だけれども入浴が嫌いだから、よく足先だけ湯に揺らした。野放図に暮らしているうちに日本は負けた。

ガキだったからその驚天動地具合など、少しもわからなかった。

青い春にはSHIぬほどダンス。

ところ構わずクルクルまわる。盛りに任せた時代。狂ったようにステップ、ステップ。ホールにはよく行った。壁に花を咲かせていると、男たちがすぐに来る。そういう空間だった。

満更でもない顔をしていると、一人の男が強引に、私の手引き奪い取る。ド派手に私を連れ去った。チイクを染めて、リズムに乗った。揺れる裾。厚い胸板。繰り返される。ロンド。そういうダンスだった。

キザなやつ。鼻につく。でも、瀟洒な姿がいいなと思った。そいつが私の夫になった。

絶ぇっっ対に白無垢を着る。無理ならSHIぬ。これだけは譲れない。

婚前にキレ散らかして熊のように暴れた。乱れ散った私を見て、親類は半泣きで衣裳を工面した。結句、理想的な（最も、理想に近くないと話にならないのだが）とても麗しい花嫁になれた。

不妊で悩むこともあったが、娘が二人生まれた。女だらけの姦《かしま》しい住処だった。

着物の先生になりたいなぁと思ったので、すぐに教室に通った。誰も止めなかった。生まれてこの方プラグマティズムな、やらないと気が済まない私の性分を、周りは熟知していた。

着物はなかなか楽しかったし、一生懸命やったから先生として教室も開けるようになった。夢中で着付けに明け暮れた。私にとって家族とはマネキンであり、着付けのトルソー。非検体となる父娘らは何度も「もう勘弁」と文句を言った。マネキンのクセしてやかましかった。

犬がいた。犬は気づいたらどこかへ行ってしまった。

猫もよく来た。猫も気がつくとどこかへ行ってしまった。

そして夫も、私を置いてどこかへ行ってしまった。悔しかった。寂しかった。ずるいわ。私を残して。目ん玉が溶けるほど泣いた。何故、どうして。寂しいの。ねえ。

だけれども、根がラディカルに出来ている私は、すぐに趣味嗜好に溺れた。

毎日好きなことを学んだ。手話はそのひとつだった。

和式便所にハウツーを貼って、気張りながら知識を詰めた。元来耳が遠いから、覚えて損することはなかった。

とりわけ、私の人生において明言しておきたいこと。それは詩歌。

私は歌を詠むのが好きだった。気持ちをリズムに乗せるのが心地よかった。

ずいぶん熱心に詠んだものだ。評されたものもいくつかあって、つまり私は歌人であった。

私の無何有郷《むかゆうきょう》な生き様は、自分的にはいいけれど、他人となると別問題。すごく面倒。疎ましい。けれど嫌な運命。この性質が孫娘に遺伝した。

こいつは長女の娘で、大変なバカだった。

読み書きもままならないくせに、文学に目覚め、物書きになりたいと言った。

そうしてバカばかり輩出する大学に行き、四年間を無駄にして売れない物書きになった。

こいつは救いようのないバカだと思った。バカみたいに私に似ていると思った。

このバカは定期的に、自己欲求、啓示欲求、才能の承認のために、愚かしい文を送り付けてきた。己を見ているようでいたたまれなかった。

バカは流行病の最中、我が家へやって来た。そうして好き放題擾乱《じょうらん》した後、東京へ帰って行った。

ムカついた。なにこいつ、と思った。いなくなってせいせいした。

それなのに、やたらに胸に残る寂しさはミミズ腫れのように引かなかった。

あのバカのことを憎めないのは、きっと私たちが文字を通して、互いの深層に触れ合っていたからだ。

私とバカは、文字書き仲間で、表現者同士なのだ。あのバカは、バカだけど言葉の力を理解していた。そんな人が、家族にいるのが私は嬉しかった。そう。嬉しいの。嬉しい。

「ちゃこ、もう長くないぜ」

そんなことを細胞が発していた。私は核に従い、「ちゃこちゃんがいなくなったら開けて缶」というものをこさえた。

これまでに詠んだ名誉ある詩歌の数々や、家族に宛てたメッセージ。写りの良いお気に入りの写真なんかをクッキー缶に詰めた。

誰が見てもわかるように「遺書缶」だとか「SHIんだら開けろ」などと記しておけば良かったが、SHIってのをどうしても書きたくなかった。

私は、言の葉の力を誰よりも知っている。SHIと書いたら途端にSHIんでしまいそうだから。だから、曖昧な表記にした。

この繊細で切ない私の気持ちは、業腹だがバカにしか伝わらないと思う。現状、ヤツにだけ缶のありかを伝えてある。

ちゃこちゃんが天に召されたら、みんなで「ちゃこ（中略）缶」を開けなさい。私という存在に十二分浸りなさい。満ち満ちなさい。そう言いつけてある。

バカはちゃんと言う通りにしただろうか。あいつはバカだから不安だ。こっちは荼毘中だから、それどころじゃないんだよ。あちー。ホント頼むぜ。まて。もしかすると、今まさに、一緒に燃やしちゃいないだろうね。心配。缶って燃えないから、一緒くたにしちゃいないと思うけどさ。不安にさせんなよ、バカ。しっかりしろよ。ほんとバカ。

みんな泣いているのかな。湿っぽいのは嫌だよ。笑っておくれよ。ね。笑え。笑え。笑ってよ。ほら、笑え。笑え。不愉快なほどに。笑え。笑え。笑えってば。周りをひえさせるほどに。怒りをひえさせるほどに。思い出を忘れないために。笑え。笑え。笑え。

私のように笑って生きなさい。お前もお前も。あなたも。ほら、あなたのことよ。閻魔様の前でも笑いますわよ。四十九日は盛大に。その時も「ちゃこ（中略）缶」ちゃんと持ってこいよ、バカ。

長い箸で飯を食うやつやってみたいなぁ。よしやろう。できたら夫とやりたい。もうとっくに転生しているのかな。でも関係ない。

コチラちゃこちゃん、ラディカルな女で候。レボリューションに暮らしてく。

あ、そうだ。盆だけれども。馬と牛の胡瓜や茄子は勘弁。青臭いから。嫌だから。

神様のシナリオ

鈴木　貴士

僕の半生は英語で彩られてきた。旅行通訳ガイド、アメリカ人プロ野球選手通訳、予備校英語講師、英会話講師。英語関連の書籍やコラムの執筆もした。40歳を過ぎてからロサンゼルスの大学に留学し、グアムのラジオ局で働いたこともある。そして現在は、某大学の生涯学習講座で、中高年の方々に英会話などを楽しく教えている。

それぞれに出会いがあり、笑いがあり、想い出がある。プロ野球の通訳時代には、日本シリーズで、ヒーローインタビューのお立ち台に立った。それは全国放送で、友人知人たちは突然画面の端っこに現れた僕を見て「我が目を疑った」と言う。「先生の授業のおかげで、英文科を受験する決心がつきました」。5日間の夏期講習の最終日に高校3年生から感謝されたことも、今ではいい思い出になっている。

家具調真空管ラジオから英語が流れてくる。ロサンゼルスやニューヨークの都会の雑踏の匂いも伝わってくる。それは早朝番組の一コーナーだったと記憶している。父は毎日5時に起き、ラジオを聴きながら食事を済ませ、そそくさと身支度をして仕事に出かけるのだった。昭和40年代前半、僕がまだ4、5歳のころの何気ない日常だ。母は僕の手を引いて隣街の立川のデパートに行くのが好きだった。そこには米軍基地があり、駅周辺やデパートでアメリカ人をよく見かけた。そんな具合で、英語は自然な形で僕の耳に飛び込んできていた。

時同じくしてビートルズ旋風が巻き起こる。近所のお兄ちゃんたちは、エレキギターを掻き鳴らし、ジョンやポールになりきっている。テレビでは、アメリカ版ビートルズとも称されたロックバンド、モンキーズのドタバタコメディーが毎週放映されていた。何故なのだろう？ 僕にとっては、ビートルズよりもモンキーズだった。彼らの歌を聴きよう聴き真似で歌っていた小学校1年生は、将来アメリカ人になるのだと心に決めた。

不思議なことがあった。幼稚園のころ、近所の人から子犬をもらったときのことだ。名前をどうするかという話になり、僕は咄嗟に「テリー」がいいと言い出した。英語に興味があるものの、まだ日本語もままならない子供が、なぜ間髪を入れず、英語名「テリー」を思いついたのか？ 謎が解明するのは45年後のことになる。

そんな僕だったが、両親は英才教育を受けさせたわけではなかった。ごく普通に中学校で英語を習い始め、高校では一般的な学校英語を学び、一浪して入ったのは理学部物理学科だった。それでも卒業後、旅行通訳ガイドの国家試験に合格できたのは、ただただ英語が好きで、ただただ英語が楽しかったからだと思う。小学校低学年のうちから英会話スクールに通っていたら、英語嫌いになっていた可能性もある。

東日本大震災があったころ、僕が50歳になったころ、名古屋にある某大学のオーストラリア人教授から連絡を受けた。「〇〇という名前に心当たりはありませんか？　彼女があなたを探しています」。心当たりはあった。実は僕も彼女を探そうかどうしようか迷っている時期があった。

彼女は、物心つく前に生き別れになった実の姉だった。生みの母親は、僕が生後8か月、姉が2歳手前の時に他界した。実父は幼子を孤児院に預け、それ以降疎遠になった。幸い、程なくして姉と弟はそれぞれ別々の家庭に引き取られることになる。僕は日本人家庭に。そして姉は、何とイギリス人家庭に。

英国国籍になった姉は、18歳までイギリス人養親と日本で暮らしていたそうだが、当時の日本人なら誰もが知っているであろうドリフターズや巨人を知らない。養親が厳しかったらしく、家とインターナショナルスクールの往復が許されるのみで、恐らくテレビも見せてもらえなかったのではないだろうか。高校卒業後イギリスに渡った姉は看護師になり、英国人男性と結婚。風光明媚なリゾート地、オーストラリアの西海岸パースで子育てを始める。今はその地で孫にも恵まれ、幸せな「おばあちゃん」になっている。

生き別れの姉がいることは知っていた。でもまさか、イギリス人に、英語ネイティブになっているとは。ときに神様は、人知の想像を遥かに超えた奇想天外なシナリオをお書きになる。そして僕の半生は、見えない力で英語に結び付けられてきたように思える。英語を好きになりのめり込んだのも、僕と姉が円滑なコミュニケーションを取れるようにとの神様の粋な計らいだったような気がする。

この先英語は、僕をどこへ連れて行くのだろう？　勝手な未来予想図の一つは、僕と妻がパースの姉家族の近くで暮らしている風景だ。どこか僕に似た英語ネイティブの姪っ子や甥っ子たちと海岸でバーベキューをしている。長年積み重ねてきた英語学習の努力が、そんな形で結実するのも面白そうだ。

ところで、先ほどの謎解きだが、実は姉の養父の名前がテリーだった。当時、その孤児院を何回か訪問し、僕のことも抱き上げたりあやしたりしていたというのは想像に難くない。結局、女の子を希望していたらしく、僕ではなく姉を養子にしたということだが、当然僕の耳は「テリー」という英語の音を記憶する。だから僕は、その犬に「テリー」という名前をつけたのではないだろうか。

人生は小説よりも奇なもの味なもの。僕が辿り着いた人生観だ。これからも、英語との関係は続くが、一体僕はどうなるのだろう？　もしかしたら、神様のシナリオには、僕の国籍がアメリカになるという続きがあるかも知れない。

私の原点の川

大杉　綾

たまに通る橋がある。その橋は古いため、入り口と出口の道幅が制限されていて、乗用車程度の幅の車しか通り抜けできない。だから、私は敢えて通る時しか使わない。

その橋を渡る時、胸がきゅんとなる。それは、母の実家に行く時に渡る橋だ。幼い頃、その橋の下の太田川という川で、母や兄姉たちと川遊びをしたことがあった。その頃、母は毎日、織物工場での仕事と五人の子供を育てることで、自由になる時間もなく、私が話をしたくてもいつも忙しそうだった。

そんな母が年に一回だけ、お盆の時に母の実家に連れて行ってくれた。母の実家は既に母の父親は亡くなり、末の弟も戦死していたため、祖母と母のすぐ下の弟との二人暮らしであった。忙しい合間を縫って、おまけに車もない時代、バスで幹線道路を走り、遠くのバス停で降りて、てくてく歩いて行く。今、その道を車で走っても遠いと感じるが、あの頃は嬉しさが勝っていたので、歩いてもさほど遠いという思いはなかった。私の父親が一緒に来たことは一度もない。

父親は、母親にとっては苦しみを与える存在であった。借金をしてまで酒を飲み、賭け事にうつつを抜かし、まともに働かない父は、私たち子供にとっても、父親などいなければいいのに、と思うほどの存在だった。私が今でもローンやお金の貸し借りが嫌いなのは、年末になると、我が家に借金取りがやってきて、母が頭を下げている場面がトラウマのように残っているからだ。家庭のぬくもりなどとは程遠い我が家ではあったが、母と私たち子供五人は貧しくとも、お互いが肩寄せあって日々を過ごしていた。

だから年一回の母の実家での父親のいない日々は本当に幸せだった。特に、あの太田川の河原での水遊び。少し母の実家からは離れていたが、皆で、出かけ、そこでお弁当を食べたり、泳いだりした。母も祖母と久しぶりに話ができて嬉しかっただろう。

母と祖母は似ている。といっても、私が生まれて数年後には祖母は亡くなっているので、上の兄姉四人ほどには祖母の記憶がない。ただ腰が曲がっていたのは覚えている。品がある顔だったこともうっすら思い出す。祖母は自分の娘が苦労していることに心を痛めていたようだ。だからといって、早くに夫（祖父）を亡くし、祖母一人で三人の子供を育ててきたので、祖母は祖母で心労があったのだ。

母の下の弟は、戦争に駆り出され二十歳で当時の中華民国で亡くなった。終戦の、八月十五日から、一か月も経たない時に、栄養失調で亡くなったとのこと。遺骨もなく、桐の箱だけが届いたそうだ。祖母の人生も過酷と言えば過酷だ。醤油問屋の娘で、何不自由なく育っていたにもかかわらず、そこに使いで来ていた祖父に気に入られ、親の反対を押し切って嫁ぐことになった。だが、あっという間にその夫は亡くなり、小さい三人の子供が残され、それはそれで辛い人生だっただろう。

だから、父が母をどうしても嫁に欲しいと言ってきた時、父の素行はうすうすわかっていたので反対したが、父親もいない家庭では強く断れなくて、泣く泣く母を嫁に出したと聞いている。

私の父は、姉妹の三人兄妹で、一人の男子として甘やかされたようだが、こちらも両親とも早くに亡くなり、身内が面倒を見ていたようだ。没落地主の二代目の放蕩息子だ。職人としての仕事は持っていたが、まともに働かず、遊び人のような父が、美しかった母を見初めて、身内もこれ幸いに、父を母に押し付け面倒を見させようとして、どんどんことを進めたらしい。意に沿わぬ結婚で、母は借金の返済に追われる日々を送ることになった。

こんな父と母の家庭だったから、幼い頃から兄や姉はよく働いた。中学を出たら、高校にも行かずに、就職し、家のためにお金を稼いでいた。頭が下がる思いだ。私は幸い、一番下だったから、兄や姉のお金で少しは余裕ができ、高校にも行かせてもらえた。

ゲームをしていると、最初に配られた牌やカードで既に先が読めていく気がする。将棋や碁はまだ一からだから良いかもしれないが、そうでないものは、配られたカードで勝負しなければならない。だからいつも、もともと財産があって、その財産を代々受け継いでいくだけで一生困らない者たちを羨ましいと思っていた。ずるいと思った。我々のような働いた賃金のみで生きていかなくてはならない者とは全く違う。土地もない、家もない、受け継ぐ財産もない者は働くだけだ。働かない父のもとで、朝から晩まで、いや夜までも懸命に働いた母は、幸せな時があっただろうか。二階家に住みたいとずっと言っていた。その夢を果たすことなく母は逝ってしまった。

配られたカードをどう使いこなすかが本当は大事なのかもしれないが、どうあがいても負のカードを受けたらその方向に道が繋がってしまっているような気がする。大きな賭けでもしない限り。

私は、オセロのゲームのように、最後の一石で、さあっと黒石が白石に代わるというような、逆転をいつも考えていた。それは、富める者への妬みかもしれない。

トマ・ピケティ著『21世紀の資本』によると、裕福な人（資産を持っている人）は、より裕福になり、労働でしか富を得られない人は、相対的にいつまでも裕福になれないということだ。

しかし、いつまでもそんなことを言って、世を拗《す》ねたような人間にはなりたくなかったので、一生懸命勉強した。見返してやりたいという不健全な思いだったかもしれないが、それが私の人生のバネにはなったような気がする。しかし、なったところで、国立大学に進学して、高校の教員になった程度で終わってしまったが。

高校生の時、進路の先生に、

「お前は、どんなにあがいても東大には入れない」

と言われた。この言葉は一生忘れない。貧乏な人間が這い上がるには、やはりお金や学歴、家柄、地位などが必要なのだろう。私は辛酸を舐めて、悔しさだけをバネにして生きてきたように思う。

自分のその少しねじ曲がった根性を私自身ずっと嫌悪している。自己肯定感の低さはそこにあるのだろう。どんな状況であったとしても、どんな環境であったとしても、それを嘆くことなく、恨まず、のびやかに、嫋《たお》やかに、穏やかに生きたかった。

だから、あの太田川で、大好きな母や兄弟五人で遊んだあの日は、私の心が少しも歪んでいないで、素直に純粋に心から楽しめた日だったのだ。フラッシュバックするあの日の映像が私を幼い純真な私に戻してくれる。あの橋は私の原点を思い出させてくれる場所だ。

戻りたい過去なんてなかった、あの日あのときまでは

六つの華

タイムマシンがもし今、目の前に本当に現れたとして、絶対の安心安全が１００％担保されているとしたら、あなたには。「あの日、あのときに戻りたい」と願いたくなる過去がありますか？　それとも未来を見てみたい？

わたしには……。わたしはそう問われる場面に出くわしたとき、いつもこう答えていました。

「戻りたい過去なんてないし、未来を見てみたいとも思わないかな。それどころか、もし生まれ変わったとしても今のお父さん、お母さんのもとに生まれ、今の夫と結婚し、今の子どもたちを生み育てていきたいと思ってる」と。

特段仏教の教えに染まっていたわけでもないのに、物心ついたころにはわたしの中に諦観の念が培われていたようなのです。

――今の記憶や知識を持ったまま過去に戻り懸命に努力したとしても、その経過過程が変わるだけで結果にはなんの変化も訪れない。良い未来を求めるなら、過去に囚われることなく、今を大切に、今を精一杯全力で生きるんだ。

ただそれは、「今」の環境が充実していると感じていたからではありません。正直、苦しかった。身体には全く問題がなかったのですが、いつも、いつでも心が悲鳴を上げていました。特にここ数年は本当にひどかった。

夫は職人として、わたしは新聞折込の求人チラシでパートを見つけては真摯に真面目に仕事を頑張っていたのですが、経済的に生活がうまく回っていきません。いよいよわたしもダブルワークに舵を切っていたのですが、働けど働けど貯金どころか借金が増えるばかり。返済の目途がどうにも立たず、追い詰められた夫が「どこか借りられるところはないか」と、借金を重ねる方法を模索することばかりに意識を向けてしまっていたからです。

まさしく泥沼でもがいていた最中《さなか》の昨夏、夫がまさかの突然死でこの世を一人旅立ってしまいました。急性心筋梗塞。彼の抱えるストレスがどれほどだったのか。その死にざまが如実に表しているようで、その連絡を受けた夜の衝撃が昨日のことのように思いだされます。

唐突に訪れた夫の葬儀から数日経ったある日のことです。半年ほど前に成人式を済ませていた長女がぽつり呟きました。

「パパに成人式の着物姿を見せてあげれば良かったな」

その言葉を聞いた瞬間、わたしの心にざわざわっとさざ波が立ち起こりました。静かな「そうだね」という思いではなく、「そうか……。そうだったね。そうすれば良かった」という、深く大きな後悔がどこからともなく湧き上がってきたのです。

そういえば彼はあの日……。


成人式のあの日帰宅した長女は、着物姿をわたしの実家の祖父母に見せに行きました。祖母は「見せに来てくれてありがとう。生まれてきてくれてありがとう」と言いながら長女を抱きしめてくれました。78才の祖母が20才の孫を抱きながら零《こぼ》す静かな涙を見て、わたしも思わずもらい泣きしてしまいました。

実はこのエピソードの前、長女が成人式に出席していたころ、夫からわたしのスマホにＬＩＮＥが入っていました。

「今日成人式だったんだよね。着物姿の写真を送ってくれないかな?」

二年ほど前から夫とは別居生活にありました。お互いに嫌悪し合ってのそれではなく、単身赴任に近い形。当初はそうだったのですが、離れて生活しデジタル媒体を通して連絡を取り合っているうちに、頑張りかたの方向性の違いに辟易《へきえき》してきてしまいました。そうしていつしか……。いつしか、離婚前提の別居となんのたがいもなくなっていました。

そんなわたしでしたから、夫からの写真送付依頼を受けた瞬間「会いにくれば良いのに」と一瞬イラ立ち、でも、式から帰宅した娘の晴れ姿の写真を撮ること、そうしてそれを夫に送ること自体には喜びを感じながら行いました。

写真を撮り、夫にＬＩＮＥで数枚を送付し、わたしの実家へと向かい、そのあと長女は推しの路上ライブに着物姿のまま向かいました。

「夫に長女の着物姿を見せにいく」という選択肢は露ほどもありませんでした。

夫の葬儀から数日後、娘の口から発された淡い後悔の言葉「パパに成人式の着物姿を見せてあげれば良かったな。なんで見せに行かなかったんだろう」。

その言葉に触れ「はじめて」わたしの中に芽生えた後悔。

もしあの日あのとき、「写真を送るよりかも、そっちに着物姿の○○を連れて行こうか？」とわたしがＬＩＮＥの返事をしていたとしたら。

いや、「もしそうしていたら」なんて話ではないのではないか？

そうすべきだった。

なぜわたしはあの日あのとき……。

悔いても悔やみきれない思いがわたしを襲います。

夫に対する申し訳なさはもちろん、「どうして見せに行かなかったんだろう」と自分を責める長女に対する申し訳なさと。

なぜわたしはあの日あのとき……。


タイムマシンがもし今、目の前に本当に現れたとしたら。わたしは、長女の成人式のあったあの日に戻りたい。

そうして、夫からの写真送付依頼のＬＩＮＥを受け、文字ではなく電話をかけてこう答えるんだ。

「○○をそっちに連れていこうか？」

もしそうしていれば、彼があんな寂しい孤独死を迎えることもきっとなかった。


でも現実には過去に飛び戻ってやり直しをすることなんてできないから、だから。

だからわたしは精一杯生きる。なにもかもが夢半ばのまま逝ってしまった夫の無念もこの背に背負って。

だからこそわたしは、今、このときを大切に生きる。未来のわたしが「今、このとき、この瞬間」を戻ってやり直したい過去と後悔することなどないように。

心から今、わたしはそう思っています。思うだけなら誰でもできる。実行することが肝心ですよね。頑張ります。

あなた。どうか空の上からわたしたちの行く末を見守っていてください。これからもずっと、ずっと。

妹ですらい

片山　玲子

「玲ちゃん済まんが、貰うた年賀状にお礼状を出してくれんか！」と、父が布団から少し体を起こして言った。父は、半年前に脳梗塞を発症して右手が麻痺していた。

「いいよ。お母さん、貰った年賀状を出して！」と言うと、母は年賀状の束を握ってきた。しかし、見ると古い年のものばかりである。長い時間かかって、ようやく今年の年賀状が出てきた。しかしこの時点では、父も私も、母の認知症に気が付いてなかった。

父はこの先、自分が亡くなる迄、母の言動を認知症と認めようとせず、ただただ、怒鳴りつける毎日が続いたのだった。

そのあげく、離婚するから迎えに来いと、後を継いでいる母の弟に電話する有り様だった。近所の奥さんから「お母さんも大変だけどお父さんも大変ですね」と声を掛けられ、何故か私は「済みません」と謝っていた。

父は、五十七歳で学校長を定年退職してからは、連合自治会長と保護司をしていた。当時校長の定年は五十五歳だったが、惜しまれて二年延長されたというのが父の自慢だった。保護司の長年の功績により、県都松山の総会で表彰されることになり一人で出向いたが、帰路に転倒し、右足を骨折した。

「一緒に行ってくれなかったせいだ」と母を責めた。

市立病院に入院し、金属棒を挿入した。母は泊まり込んで付き添ったが、ある日、病院内で意識を失い転倒した。

駆けつけた私に院長が「お父さんの方は心配ないがお母さんの方が問題で、付き添いは無理です」と言われた。夫に相談し、二人ともわが家で看ることにし連れて帰った。

夫は公務員、私は会社員で、二人とも出勤しなければならない。留守中の母の行動が心配だった。とりあえず、家中の電源を全部抜き、ガスの元栓を閉めた。

かって、ガスで調理している母に隣家から「火事」が心配だと苦情が来て、電気炊飯器を買い与えたところ、洗った米を内釜でなく直接外釜に水もろとも入れてしまい、以後またガス調理にもどっていたが、とにかく炊飯が出来ない状態にして出勤した。

勤務を終えて帰った私を見た母は、早く電気会社へ電話してと慌てふためいていた。

私が夕食の支度を始めると、「妹の家でお米を借りてくる」と言う。

叔母の家は小農家で、わが家と母たちの家との中間にある。お米の心配は要らなかったのだけれど、外はまだ明るいし、母の好きにさせてみた。

小一時間して、母は叔母と一緒に帰ってきた。何も持っていなかった。お米を借りに来たとは言わなかったそうである。何をしに来たのか忘れてしまっているみたいだったそうだ。

母はその晩私達の家に一泊しただけで、夜明けと共に父を置いて一人で帰って行った。それでは困る私達は、父もまた連れて行かざるを得なかった。

調理がまともに出来ない母になっていたので、せめて夕食だけでもと給食を取ることにしてみたが、母は一切、箸を付けなかった。

関東で就職している娘が結婚することになり、私達夫婦が出席することになった。父をどうするか？　とりあえず、川向こうの整形外科医院に入院させてもらえることになり、無理を承知で、母に付き添いをさせますからと言って、結婚式に出席した。

結婚式から帰って見ると、父には正式の付添婦が付けられていた。「お母さんでは駄目ですよ！」と、ここでも主治医にしかられた。ところが、父はこの付添婦さんを叱り付けて辞めさせてしまったのである。理由は、父を「おじいちゃん」と呼んだからだと言う。「大校長をおじいちゃんとは許せん！」と。派出婦会から早速代わりの女性があてがわれた。見るからに口上手の若い女性で、言い聞かされて来たのだろう。「先生、先生」と呼んでくれて、父はごきげんだった。

しばらくしてこの付添婦さんから「お父さんが、モーテルに連れて行ってと言われるんですけど」と言われて私は唖然とした。病状が快方に向かっているとは言え、八十歳過ぎたしかも入院中の父が……と。

一呼吸おいて「連れて行ってやって下さい」と私は答えていた。

実行されたかどうか、聞きそびれた。

それから一年もしないうちに父はもう一度転倒し、それがもとで亡くなった。

父の遺体を葬儀社が病院から自宅へ運ぶ時、付添婦さんもついて来てくれた。

履物を脱いで座敷へ上がろうとした彼女を母は無言のまま力いっぱい押し倒したのである。彼女は起き上がって無言で帰って行った。

そんな振る舞いをした母だったが、その晩、「お父さんの横に寝てあげなさい」と言う私に「嫌です」と言って別室へ行ってしまった。

さて、一人になった母をどうしようか。

茨城に住む弟が、筑波大の医師に診てもらおうと言うので連れて行ったが、入院出来る精神病院を紹介するという見立てに、入院なら地元でと連れて帰り、母の弟の口利きで、付き添いを付けるならという条件で、内科医院に入院出来た。それから亡くなるまで七年余り、二十四時間中、付添婦のお世話になった。介護保険を使わないで全額個人負担だったので、毎月の支払いは高額になったが、それに耐えられたのは、父の恩給のお陰だった。

ある日、付添婦さんから、「お母さんが、帰りたいと言って困っています」と、会社へ電話があった。

会社に許しを貰って病院へ行き、「じゃあ、帰るかな」と言って母と二人で病院を出た。どっちの家へ帰るつもりだろう。

父と暮らした家だろうか。それとも、私の家だろうか。

しかし、そのどちらでもなかった。

母が向かっているのは、母が生まれ育った場所だと気づいた私は愕然とした。

この場所で母が生まれ育ったと聞いてはいたが、八十余年を経ても、母の家はここだったのである。

母は、立ち止まるでもなく歩幅を変えるでもなく、頭を動かすでもなく、真っすぐに歩いて行く。

しばらくして、後をついて歩いていた私が「どうだった?」と、声をかけると母は一言、「無かった」と答えた。私は泣けそうだった。抱き締めてあげればよかったと今にして思う。気が済んだのか、母は素直に病院へ帰ってくれた。

関東から私の妹が見舞いに帰って来た。付添婦さんが「娘さんが来られましたよ」と声を掛けられると、母は「私は結婚しとりませんけん娘はおりませんぜ」と答えたと言って、妹は笑いながら泣いたという。

会社の帰りに立ち寄った私を付添婦さんが指さして「この人は誰?」と尋ねられると「妹ですらい」と得意げに母は答えた。

ハーゲンダッツ爺さん

由梨　未樹

「ハーゲンダッツ爺さんのこと、覚えてる？」

中学生になる二人の子供に、私は時々聞いてみる。

「なんとなーく、覚えてる気もする」と彼らは答える。遠い昔、花火を見た後、知らない家でアイスを食べたことを。そこに居た、謎の爺さんのことを。私は改めて伝える。

「あの人は、ママのお父さんだったんだよ」

　私の両親は、この子たちが小さい頃に離婚した。彼らにとって祖父母といえば、私の母と、夫の両親、この三人だけ。彼らにとって私の父は、実在するか分からない伝説上の人物なのだ。

　父は典型的な亭主関白だった。夫は家族を養い、妻は家を守るべし。夫婦円満の秘訣は、我慢と忍耐（母は陰で、「我慢してんのはこっちだよ！」と舌を出していたが）。四人の子供に恵まれ、それなりの社会的地位を築いた後、退職金で小型船を購入。趣味の釣りをしながら、悠々自適な老後を送っていた。

母は仕事をしながら、子育て、孫育て、義両親の介護の全てをこなした。口癖は「早くしないと、お父さんに怒られる！」。外出しても、必ず夕方には帰り、父の食事を用意する。社員旅行に行くことも、同窓会に行くことも許されなかった。母はため息をつきながらもこの状況を受け入れ、上手いこと父をあしらっていた。唯一の楽しみといえば、父が寝静まったあと、韓国ドラマをこっそり見ることだった。

父はクソ真面目で融通が利かない人だった。五分前行動は基本中の基本。家族で出かける時も、決められた行程を遵守、寄り道は不可。トイレ休憩は指定のサービスエリアで。一切の無駄なし、それはまるで「行楽」ではなく「行軍」だった。如何にして隙をついてお土産コーナーを探索するかが、私たち姉妹の極秘ミッション。はしゃぎ過ぎて父に怒られ、泣きっ面で帰るのが我が家のお決まりだった。

父はいつだって不機嫌だった。ニュースを見ては世の中の間違いを批判した。歌番組を見ると、近年の歌手の質の低下について嘆いた。家族団欒は大変息の詰まるものだった。

ただ何故か、「新婚さんいらっしゃい」だけはお気に入りだったようで、下ネタを聞いてゲラゲラ笑っている姿は不可解でもあった。

やがて、祖父母が亡くなった。それをきっかけに、父が変わり始めた。親の監視の目がなくなったからか、第三の青春を謳歌し始めたのだ。

飲み屋で知り合った女性に入れ込み、金を注ぎ込み始めた。服装が派手になり、白髪まじりだった髪を黒く染めた。次第に人目を憚らず昼間から飲み歩くようになり、近所の人もその豹変ぶりに驚いたらしい。母には最低限の生活費以外、渡さなくなった。

悩んだ末に母は、役所の無料人生相談コーナーに行き、すぐに離婚を勧められたそうだ。「今までよく我慢してきましたねえ」と。母が受けていたことは、いわゆるＤＶに当たるとのこと。母にとっては、むしろ驚くべきことだったらしい。

両親の関係は泥沼化し、最終的に家庭裁判所まで持ち込まれた末に離婚した。母は裁判に勝利したが、「あんな恥ずかしい思いはもう二度としたくない」と語った。

その後、父が入れ込んだ女性は「プロ」だったことが判明した。いわゆる「美人局《つつもたせ》」だったようだ。しばらくして、女の夫を名乗る人物が現れ、たっぷりと慰謝料を要求され、父は全てを失った。還暦を過ぎてからの思春期と反抗期は、大きな代償を払った。

両親の離婚が決まってから数年間、私は父との連絡を絶った。どうしても許せなかった。子どもの頃からの思い出、幸せな家庭像、人間のあるべき姿、全ての価値観が両親の離婚と共に崩壊したのだ。

しばらくして、実家近くが震源の大地震が起きた。二度の大きな揺れで実家は半壊。懐かしい風景は変わり果てた。

遠方に住んでいた私はどうすることもできず、震える手で父に電話した。離婚後初めての電話だった。奇しくもそれは、父の誕生日だった。

一人暮らしをしていた父は酒の量が増え、肝臓を壊していた。酩酊し呂律の回らない父の声を聞き、私は激怒した。「家族が大変な時に、あんたは何をしているんだ！」と。あんなに立派だった父が、威厳に満ちていた父が、こんな惨めな老後を送っているのが情けなかった。

地震がきっかけで私たちの交流は再開した。父は再就職し、孫たちに小遣いを送ってくれるまでに立ち直った。

さらに数年後、父の余命が長くないと知り、私は二人の子供を連れて父に会いに行った。かつて赤ん坊だった子供たちは、すでに小学生。彼らにとって父は「初めて会う、見知らぬ爺さん」になっていた。

一緒に花火大会を見て、その後父の家でアイスを食べた。孫がやってくるのが楽しみで、冷蔵庫にはギッシリとハーゲンダッツが用意されていた。かつての厳しい顔はなく、孫を見つめる目は優しく緩んでいた。大威張りで皆んなにご馳走していた昔よりも、なけなしのお金でアイスを買ってくれた父の方が、はるかに満たされた顔をしていた。


会話の中で父は、「あの時、お父さんは、恋をしてしまったんだよ」と呟いた。間違いだと思いながら、どうしても気持ちが抑えられなかったらしい。

なんだか父が急に小さく、哀れに見えた。もしかしたら父は、長年自分を抑え続けていたのかもしれない。世間体に縛られ、立派な人物を必死で装っていたのかもしれない。晩年になり、我慢の糸がプッツリと切れてしまったのだ。

まもなくして父は死んだ。骨になって帰ってきたかつての夫を、母は泣きながら箱の上から叩いた。このバカたれが、バカたれが！　と。それはまるで、家出した不良息子を叱りつける母親のようだった。


父の最後の愚行が、私の心を自由にした。どんな人間でも間違うことはある。父の大失敗はとても笑えたものではないし、最後に父が幸せだったかどうかは、本人にしか分からない。だけど、だからこそ、一度の人生は悔いなく、信じるままに生きたいと思う。失敗してもやり直すチャンスはきっと来る。

母も同じく「良妻賢母」の檻から解放されたようだ。大好きな韓国ドラマを日中から堂々と見て、旅行やコンサートに繰り出していく自由を手に入れ、青春を謳歌している。

あんなに辛かった出来事が、今では懐かしく、心は軽やかだ。

やがて子供たちは、私の父の存在を忘れてしまうだろう。たまには奮発して、子供たちと一緒にハーゲンダッツを食べて、父を偲ぼうか。

氷が溶けた

まりも

「お母さん、お父さんを幸せにしてくれてありがとう」

それを聞いた母は一瞬びっくりしたような顔で私の顔を見たが、その目にはうっすら光る物があった。

話は私が十二歳の頃に遡る。

夫婦喧嘩の絶えない暗い家庭だった。

父は海上自衛官。二、三年に一回は転勤があり、その度に離婚の危機。

その頃母の実家のある町に住んでいたこともあり、父は離婚を決意したようだった。

専業主婦で経済力のない母は私と七歳下の妹に対して愛情を抱くこともなく、親権は当然のように父になった。

その後親戚の紹介で見合いをした父。すぐに縁談は決まり、三十一歳の若い母親がいきなりできた。

私は思春期真っ只中の中学一年生。

母もいきなり二人の子供の母親になる術も覚悟もなく、程なくして母は妊娠した。

好きだった父も母のことしか頭にないようで、何でも母の言いなり。ただ淋しさと不満だけが募っていった。

そして妹が生まれてますます母の私達に対する態度は冷たくなっていくばかり。

食事は部活をしていた関係で遅くなると自分の部屋で摂ることも多く、リビングでは赤ん坊を囲んだ父、母の笑い声が響いていた。

妹も自分の部屋に引きこもりがちになっていた。

私が高校一年生の時に父に転勤の辞令が出て、私は何があってもこれ以上はいっしょに暮らせないと思い
「下宿させてほしい」と懇願した。

すぐに許されるはずもなく、私は勉強にも全く身が入らず成績は急降下。

何度頼んでも下宿は叶わない。諦めた私は博多に家出。

一週間喫茶店の住み込みで働いた。

家であたふたしているだろう母の姿を想像するだけで心地良かったが、お金を送ってと友人に電話したことから居場所が分かり、呆気なく家に連れ戻された。その後、家出が功

を奏したのか下宿が許された。

下宿生活では鳥籠から解き放たれた鳥のように自由を満喫した。

勉強した記憶はほとんどなく、夜な夜な遊び回って、他の下宿人のひんしゅくをかっていた。

もちろん、就職もうまくいかず、手を焼いた担任が病院の求人があるけど、見習いからやってみないかと声をかけてきた。

元々看護師になりたい夢は持っていたが、遊びに夢中で道を踏み外しかけていた。

担任の言葉に一念発起した私は勉強して看護学校の試験を受けた。

看護助手として二年。その後看護師として、自立した。

三十三歳の時に友人の紹介で運命の男性に会う。

二人で実家に帰る。

気さくな彼は話し好きな母と意気投合。父も娘をよろしくと優しい眼差しだった。

私の氷をまとっていた心に何か温かい物が宿った瞬間だった。

一年後結婚。

「若い頃は反抗した時もあったけど、今では感謝してます。お世話になりました」

前日に父と母の前で挨拶をする。母は下を向いて涙を拭っていた。父も感無量という表情だった。

その後、男の子、女の子と子宝にも恵まれ、私は忙しい日々を送りながら幸せを感じていた。

自分が子供を産んだ辺りから自分の中で十月十日育んだ命、お腹を痛めて産んだ子の愛しさが分かり、母に対する気持ちもしだいに優しい気持ちになっていった。

十四歳のあの頃の私に分かるはずはなかった。

ただ差別を受けているという思いしかなかった。

上の子が五歳、下の子が二歳の時に帰省して、妹家族と独身の妹、父、母と阿蘇に一泊旅行に行った。

妹は私より四年早く結婚。三人の子供の母になっていた。

妹は母といっしょに暮らした年月が長い分、許せない所があると言い、確執は頑なにある。

育った環境が違うからそれは仕方がないことだ。

一泊旅行では間違いなく祖母と孫だった。

夏のプールサイドでの賑やかな光景が今でも目に浮かぶ。

それから程なくして父が認知症になった。

はじめは母も慣れずにいらつくことも多かったようだが、途中からは慣れて接し方も心得てきたようだった。

デイサービスも利用していたが、腎臓を悪くして透析のできる病院に移った。
父の入院中、久しぶりに帰省。
私のことが分かるのかは微妙だった。
ベッドの傍らでトンチンカンな会話をする父と母。

母は満面に笑みを浮かべて幸せそうだった。
帰り際に一生懸命手を振る父。
もう最後かな。胸を締め付けられるような淋しさを感じた。
その翌年の年末。腎臓の値が急速に悪くなり父は亡くなった。
葬儀が終わった夜にあの言葉を母に言ったのだ。
父は再婚して幸せだった。
六人の孫に恵まれて賑やかで世話好きの母と楽しく暮らしていた。
父の晩年を実りある充実した日々にしてくれた母には感謝の気持ちしかない。
今から自分の時間を楽しんでほしい。
そんな矢先、父が逝った四か月後に母も亡くなった。
脚に膿が溜まってその手術を受けた翌日、朝食を誤嚥してという信じられない原因。

享年七十五歳。早過ぎる。あまりにも呆気ない最後だった。
人の世話ばかり焼いて、自分のことは後回し。
人間、いつどうなるか分からない。日頃から思っていることは言葉にした方がいい。
私はあの言葉を母に言って良かったと心から思っている。
私の心にあった氷は今はない。

「らしさ」を知る日まで

しょう

「これで受付を終了します。あとは裁判官とのやりとりです」とある家庭裁判所でのやりとり。

そう、このやりとりは「性別取り扱い」での申し立てのやりとり。この日は桜が満開で晴れている日だった。申し立てをした歳は三十歳を過ぎた日。きっと当事者達の中では遅い申し立てであるだろう。ここに来るまでの出来事を少しお話ししたい。

私は、「身体は女性、性自認は男性」。この「性同一性障害」であることに気づいたのは中学二年生。今の現代社会は、性同一性障害という言葉を聞いたことがある人は多くいるだろう。その当時の私は性同一性障害という言葉は知らなかった。中学時代といえば、他者に興味があり、性についても興味があり、他者との共有を深める時期。私は、自分自身が女性として生きていくこと、行事により男女で分けられることに関して、葛藤をしていた。周りの友人達は、彼氏がいたり、可愛い服を着たりなど、普通のことを楽しそうに話をしていた。この時の私は何も興味なく、「かわいい」という言葉すら言うのが嫌だった。その時、「普通の女ではない」と思った。それが自分の性と向き合い始めた日の始まりであった。

月日が経ち、体も成長し、体格も女性らしくなることに関して、より葛藤する日々。このことを家族に言うのも葛藤。当事者達はきっと誰よりも葛藤を繰り返しながら日々を過ごしている人が多いだろう。

私の家庭は、両親は離婚しており、姉も母方の連れ子である。家族として過ごした時期もあったが、両親は共働き、居ない時間の方が長かった。祖父母に育てられた印象が強い。姉とは歳も離れており、勉学に姉は力を入れ家にいても家庭教師と部屋で勉強しており会話は挨拶程度。そんな忙しい家族の在り方をしていた。学生時代の私は、家族と向き合うより逃げを選んだ。自分が我慢すれば何も家族には迷惑かけないだろうと。友人達にはカミングアウトを少しずつしていた。自分自身の気持ちが大きく傷つくことはなく、温かい友人、先輩、後輩が多く皆受け入れてくれた。社会人となった時、名前と外見のギャップをクリアすることが難しいと思う瞬間が多かった。職場の人にも嘘をついている気持ちが強くなり、職場を転職することも考えた。そんな時友人から、言われた言葉があった。

「なんで隠すの？　もっと自分に自信もてば」

いつもは温厚で、笑顔である人から言われた少し突き放した言葉に背中を押された。その日から、職場の方へ告げることが、恥ずかしさでも罪悪感もなくなり、自分で作っていた壁を消去する作業が始まる。きっと言われた方達には、戸惑いを与えただろう。それでも「一緒にこれからも働こう」と言われた言葉には温かさを感じた。きっとこの職場でなければ、目立たないように転職をしていただろうと今は強く思っている。そして逃げてきた家族へも告げる日がきた。両親、姉と告げ共にみんなに言われた言葉は、「わかっていたよ」そんなたった一言であった。年月をかけ、葛藤を繰り返していた日々。家族も見えないところで葛藤をしていたのかなと感じた。そして何より、理解しようとしてくれていたと愛情を初めて感じた。その日から包み隠さず家族と話をすることが楽しくなる瞬間を得た。きっと普通の家庭の在り方を、二十代で初めて感じた瞬間だった。

治療過程を過ごしていく中で、感じたことがある。現社会は、ＬＧＢＴＱに対して理解をしようとしている。だが、本当に当事者が望んでいることは「理解」ではない。きっと理解できない人だって存在する。それを「理解してください」なんて強要するのは別の問題。ただ治療をしてもしなくても、当事者達が、あなたに犯罪するわけでもなく、害を与えるわけでもない。それは、ただの人間だからだ。当事者達がよく言っているのは、ただ生きていく選択肢を与えてくださいということだけが当事者の気持ちであるだろう。

私は、自分自身の体を手術し、時間をかけて自分の身体と心に向き合う選択をして、今こうして執筆している。多様性という言葉が広がったおかげで、少しずつ生きやすい社会となっているのは事実である。しかしその反面、誹謗中傷も多くなっているのが事実。これまで、当事者が様々な声を上げ作り上げてきた現社会、法改正等動きがある。その中できっと誤解されるきっかけとなったこと、よかった面、悪い面ともに今は見受けられる。本当は、そんな多様性という言葉すら関係ない社会となることを今後は願っている。そして、誰しも「らしさ」を潰してしまうそんな世の中にならないように祈っている。そんなことを思いながら、また変わらぬ明日を迎える。

千恵ちゃんの日々

松川　さち

「昨年は果樹園の手伝いを頼まれ、老体にムチ打って働き忙しい年でした」お便りと淡雪を纏ったような干柿が長野の千恵ちゃんから埼玉の私に届いたのは六年前の新春です。

従姉妹で同い年で古希に近い私たち。彼女は北信州の六戸の山村で、私は二十戸ほどの農村で育ちました。

白便箋には、夜なべして干柿作りしたこと、冬は果樹園も畑仕事も休みなので編み物を楽しみ、公民館の脳トレ・ストレッチ教室に参加。前回は三人の方が偶然、プレゼントした色違いベストで教室へ来て、笑い合いお喋りしたことなどが綴られています。

脳トレ光景に頬が緩み、思い出しました。手編みベストを私がもらったのは六十代半ば。久し振りの兄弟会に千恵ちゃんが初めて参加してくれて十人で集った宿でした。

到着を心待ちにしていると、明るいミカン色ベストで現れ、その編み模様や色彩に見取れた私は思わず、

「器用ねぇ、素敵」

すると、

「じゃ、あげる」

するっと脱いで微笑みながら手渡したのです。真新しいベストです。

ポカンとしました。それまで親しく会う機会が無かった二人でしたから。私の母の十歳下の弟が千恵ちゃんの父。が、家は地理的に遠くて成長期の交通手段は徒歩だけ。農作業にも追われ家族同士の行き来は無く、成人後も結婚、子育て、共働き、住む県も異なり互いの日々に思いが向きませんでした。

だから彼女と繋がるキッカケがミカン色ベスト、一泊の宿でした。

枕を並べた床で、亡き妹の美咲さんのことや夫と別れたことを知ります。美咲さんに手記があると聞いたのもあの夜。「読ませてほしい」と願ったらコピーが届き、顔も知らなかった従姉妹に手記で会いました。その苦悩に胸が震えました。

二歳下の妹は幼い頃から病弱で十歳で進行性筋萎縮症と判明。十五歳で他県の専門病院に二年半入院。退院の半年後、コロニーに入所。そこが暮らしの場になり未婚で三十四歳の人生を閉じています。

手記では「三十歳になってしまった」と書き起こし、小学生のときは「四キロ半の道のりを歩いて通った。雨や雪の日は辛かった。母に背負われたり、姉の手につかまり何度も何度も転びながら行った。手袋もズボンもビシャビシャに濡れて、後から来た高校生の見知らぬお兄さんが大きな真っ白い手袋を貸してくださった。お兄さんの手の温もりがそのまま心に伝わってきた。いじめっ子たちに泣かされて怖くて遠回りして帰ったり、姉のクラブが終わるのを待って、後をそっとついて帰ったりもした」

中学校では「歩行困難になってきたのが二年の時。一番困ったのは休み時間の教室移動だ。歩くのさえ大変なのに階段は涙が出るほど辛かった。寒いと特に手足が動かない。失敗して下着を濡らし、人には言えず何度も泣いたっけ。この頃だ。どうして私だけが……と母を困らせ二度ほど泣かせてしまった。それ以後はどんなに辛くても二度と母を泣かせまいと決めた」

また、「一日でいい。健康な人たちのように自由に跳び回りたい。生きたい、愛したい、仕事したい、だけどこの身体が私を裏切りつづけた」。「子連れで看病してくれた千恵姉ちゃん、いつも迷惑かけます。愛をありがとう」その他、様々を記しています。

妹を見守り続けた千恵ちゃんが結婚したのは剣道で鍛えたがっちり体型で長身の人でした。ところが、妹の旅立ち後です。彼がバイク事故で頭蓋骨を骨折、脳挫傷の大手術で五か月間入院。結婚から九年目、長男は七歳でした。

以来、通院生活になり以前と同じ勤務は難しく、さらに三年後は心筋梗塞に、続いて脳梗塞に見舞われます。心身共に痛む夫を気遣いながら二人の子を育て、勤め続ける千恵ちゃん。あるがままを受け容れる、そして日々が続いていくと思い込んでいました。が明日のことは分かりません。五十代を迎えた夫は後遺症悪化で何度目かの入院を。いつしか同じ病院で治療する女性と親密になり、やがて離婚を希望、親族を交えた話し合いの末に家を出ました。周りの人から「奥さんに支えてもらって有難いね、と言われるのが一番イヤだ」と言って。

二人の在り様の実際は、私には分かりません。だから憶測ですが、彼は妻に負い目を感じ自尊心が萎えていた、不甲斐無さに苛立ちがあった？ で、似通った境遇の女性に出会い心通わせ、不快な気持ちの払拭と共に、新たな暮らしを描いた？ 妻なら夫の存在無しでも生きられる人だ。子どもたちも成人した、の思いも背を押して。

けれど新生活は二年余りで終わりました。

独りになった元夫の拠り所はかつての家庭になり訪れ始めます。煙草代の無心を口実にして。子どもたちは母を護り父を許さず、千恵ちゃんは距離を置きつつささやかなお金を握らせては帰します。数年が行き過ぎて還暦前に彼は癌で逝きました。

離婚話に同席した義父と義兄はすでに亡く、元夫の生家には高齢の母が一人だけ。葬儀を担うのは難しくて、千恵ちゃん母子が執り行い、無縁仏を弔う共同墓地が彼の眠る地になりました。

千恵ちゃん、夫が女性に心移して姿を消した日々、また夫婦だった頃の光景が甦るとき、胸の疼きにどう耐えたのでしょう。どれほど心削ったでしょう。私なら、終生許すまい、二度と会うまいと自身に誓いそうです。

でも、あなたは違いました。辛苦を経て、事実をプラスに転じる心根を養い鍛えたのでしょうか。元夫に背を向けませんでした。夫婦愛は失せても、ほのかな温もりの中、その人となりを尊重して過ごしました。

何かを失った後に、思慮や言動の不足を思い知り、悔やむ経験を重ねる私です。彼もきっと同じ。自問を繰り返した結果の来訪だったのでしょう。子どもたちへの想いもあった。再会後はあなたの存在が心の支えだったと思います。

あなたが贈ってくれた草色セーターを身につけ、あなたの辿った日々を想う日。

「ＮＰＯ法人の果樹園の手伝いももう七年目。春の林檎の花摘みから秋の梨や林檎の収穫、出荷まで忙しいの」。続けて「皆さんが『眠っていて、いらない毛糸があるから使ってね』そう言って、次々に届けてくれるから冬は編み物してね、ベストや靴下カバーを、自由にどうぞって仕事場に置くと、仲間のおじさんたちが『うちの母ちゃんにもらっていくよ』って持ち帰ってくれるの」。

さわやかな電話の声が嬉しいです。

何も知らないで

長村　夕

私には、父がいるらしい。

何を当たり前な、と思うかもしれないが、私にとって父は「いるらしい」存在なのである。

母は、私に物心がつく前に、私と兄を連れて飛行機に乗り込み、父と離れて自身の郷里に帰ってきた。

私は、父の肩幅とか、運転の上手さとか、寝癖のつき方とか、そういうのを知らない。写真は見たことあるから何となく顔つきは分かるけど、横顔は知らない。30代前半の父にふさふさと黒い髪が生えていたことは知っているけど、57歳の今の父に髪が生えているか、その色が何か、知らない。大人になった私とどちらの背が高いかとか、ビール腹が出てしまっているかとか、何も知らない。

何より、何が母と父を離別させたか知らない。

母は、漢字で喋る人だ。覚束ない手付きでスプーンを使う幼い私に、「おいしい？」ではなく「美味しい？」と聞く人だった。保育園に迎えに来る母の運転する車では、いつもB'zが流れていた。砂遊びをした後の5歳児には、愛のままにわがままに傷つけないとか、理解できるはずがない。

母は、聡明ではないが、子に媚びない大人だった。

私に媚びない分、私の生活に深入りしなかった。

テストの点数がどうだとか、どんな友達と遊んでいるのかとか、恋人はいるのかとか、そんなことは聞かれたことがなかった。聞かれないから、私も母のことは聞かなかった。

決して仲は悪くなく、むしろ良好な関係だと自負しているが、リビングと寝室が一室しかない狭い家で、少ない人数で過ごしてきたわりには知らないことが多い。

特に、父と母の間にあったことは何も知らなかった。母は、悲しみに耽ることも、文句を垂れることもなかった。

私は、大学卒業と同時に、実家から何百キロも離れた地で職に就いた。いざ離れてみると、あの媚びない強い母でも、ひとりで家に残すというのは心配なものである。

なので、大型連休や年末年始には必ず実家に帰るし、母への労いを言葉にする。

「自分ひとりで生活していくのも大変なのに、ひとりで働いて息子ふたり育てて、すごいね」

なんて気恥ずかしながら言ってみたりした。すると、

「だってあなたのお父さん、養育費払うの2か月でやめたんだもの。連絡も全部無視。ひどいもんよね」

なんて、初めて聞く話をしてきた。

意を決して、という様子ではなく、当たり前のような話し方だったから、拍子抜けした。おそらく、子が独り立ちした安心感から、無意識にストッパーを取り払ったのだろう。

母に悪気がないのは分かるが、まあ私にとって気持ちの良い話ではない。そうか、やっぱり父は、私たち家族を捨てたのか。

そんな出来事から2年。実家を離れて3年目の年末。私は、母とふたりで実家の食卓を囲んでいた。私が、付き合っている彼女と同棲することになったんです、などと報告をし

た日のことだった。

母が「実はね、」と口を開いた。大人になってからの「実はね、」ほど怖いものはない。なんですか、鋭いカウンターを打つつもりじゃないですか。

私は咄嗟に「ちょっと待って、なになに」と早口でクリンチした。ない頭をぐるぐる回すため、時間を稼いだ。

あー、きっと再婚するんだ。離れてしまった母を独りで実家に残すのも心配だから、一緒にいてくれる人がいて良かった。嬉しい、良かった。うん、良かった。なんて、自分なりに納得できる答えを見つけた。


おそらく、5秒くらいだったと思う。私の心の中の角田信朗がクリンチを解き、ファイッ！　と母と私を対峙させた。

「うん、それで？」

と冷静ぶって言ってみると、母が続けた。

「実はね、あなたのお父さん、結婚しているらしい」

ほー、なるほど。そっちかー。これは予想外のパンチ。でも、まあそりゃ、再婚くらいするだろう。

「それで、実はね」

母のラッシュが止まらない。まだですか？　次はなんだって言うんですか？

「実はね、子どもがいるらしい。つまり、あなたに弟か妹がいます」

これは一本。ノックアウト。サヨナラホームラン。痛烈、一閃。なるほどなるほど。これは不思議なもので、再婚はともかく、子どもがいることは全く想像していなかった。

私に愛を与えなかった人が、別の人の親になっている。

私たち家族に義理を通さなかった人が、別の家庭を築いている。

私にとって父親は知らない人だから、別に今何をしていようと、怒りとか、悲しみとか、そういう、名前をつけられる短絡的な感情は湧かない。

でも、知らなかったことを知った分、また知らないことが増えた。

私の、その、きょうだいとやらは、弟なのか妹なのか、年齢はいくつか、背丈はどのくらいか、髪の長さは、好きな食べ物は、何なのか。

私や、母や、兄のことを、知っているのか。

きょうだい。
私は、あなたのことを知らない。知らないことを知った。
あなたは、私のことを知らないのか。知らないことすら知らないのか、知らないことは
知っているのか。
知らないね。知らない。だって、血の繋がりさえ無視すれば、他人なんだもの。でも、
やっぱり、他人とは思えないよ。私は、あなたの兄なんだから。
兄のエゴを言わせてもらうのなら。
あなたは、私のことなど知らないまま、幸せでいてほしい。親の愛を全身で受けて、家
族のことで悩んだり、辛い思いをしないでいてほしい。
親に愛されない子がいるなんて、知らないでいてほしい。

やっぱり、ちょっと不安だよ。私と兄と母を愛せなかった人が、あなたをちゃんと愛せ
ているか。
だって私は、親に愛されない寂しさを、ちゃんと知っているから。

私が知っていることを、あなたは知らなくていいし、私が知らないことを、あなたはたくさん知ってほしい。

こんなことを書いているなんて、あなたはずっと知らないでいて。その願いが、兄としての最大の愛です。

時を辿る

立石　博子

「なんで教えてくれんやったと？　何かあったらすぐ教えてって、言っとったやろ」

「お前たちに迷惑はかけられん」

「迷惑？　迷惑じゃない。大事なことやろ」私は語気を荒げた。

病室に入ると、信《しん》おじちゃんはベッドに腰掛けていた。父の兄。82歳。家族はいない。

いや、いる。息子が2人いる。50年前、2人が小学生の頃、離婚している。

押入れの方を向いて座るおばあちゃんが、背中を丸くして何かに目を落とす。

「何？　見せて」おばあちゃんにせがんだ。

「ほら、あんたたちのいとこ」

小学生の私と弟は写真を見た。

「たかくんはハンバーグより和食のようなものが好きやった。父親に似たっちゃろう。兄ちゃんのこうくんは、5年生にしては背が高かった。ほら、これ、そこの庭で撮ったとよ」

みんな笑っていた。この子たち、今どこにいるの。りこん、って、おじちゃんかわいそう。思うだけで、口にはできないことは他にもあった。

「おじちゃんって、どこに住んどると？　家どこ？」

伯父はバスかタクシーを使う。車は運転しない。「あんなものは恐ろしい」と地下鉄には乗らない。家に来た時、帰りは父の車で送る。自宅の前ではなく、天神の中心から少し離れた「ここでよか」と言う場所まで。そして足早に消えていく。


「突然のお電話失礼します。従姉妹の中野涼子です」

東京在住の中野耕司。計算するに定年間近の頃だろうか。名字は変わらず私と同じ父方の姓。会ったことのない親戚からの突然の電話。まともに対応されるのか、スマホをもつ掌に若干の湿り気を感じる。

電話口から静かな驚きと訝《いぶか》しむ匂いがした。博多、祖母のこと、実家の場所、50年前の軸が、少しでも今の私の存在に近づくようにキーワードを選んだ。

「身元保証人をお願いしたいと、病院からうちの父に連絡があって。病院へは自分には家族も身寄りもない、と言っていたようで」

「病気、何ですか？」

「肺癌、ステージ4です。手術はしない、と言ってます」

「そう……ですか……」

「会ってもらえませんか」

「何十年も会ってないですし。親父は何と言ってるんですか？」

おやじ、って言った。

「連絡することは本人には伝えてません」私は返した。

「親父は結婚してたんでしょ？」

「してません。ずっとしてないです」

「そうですか……。弟と相談します」電話は切れた。


「俺が癌かぁ……」伯父は穏やかに不満げに言った。

「挨拶に行ったら、先生と看護師さんびっくりしとったよ。身寄りがないって伝えてるから。おじちゃん、迷惑かけるとかそんなこと心配せんでいい。家族やろ、ね？」

家族。わざと口に出した。

「息子らに会わんでいいと？」唐突にぶつけた。

「会われんめえ」

「なんで？　私が連絡とるけん。会いに来てもらわんと」

「いや、……会われんめえ」

今、会わないともう会えなくなるよ。そう言いたいけど、喉元で止めた。すると、伯父はベッドの横の引き出しから革の財布を取り出した。

「ほら。もうこの頃から、俺は知らん」

そう言って伯父は、裏が変色した写真を見せた。角が曲がった小さな一片、時代を感じる赤い柄のセーター、男の子の笑顔、そして、また財布にそれをしまう皺と血管が浮き出た手。それらが私の吸う空気を重くした。

「孫は？　孫がおるんやろ？」

「昔、次男から、子供と嫁さん連れて博多駅に来とるって連絡あったけど、あん時もすれ違いで会えんかったもんな」

すれ違い？　会えなかった？……ではなく、会わなかった……が、正しいのではないか？

生涯料理人。創業150年の老舗うなぎ店。盆と正月に現れ、仏壇に手を合わせる。冗談が好きでよくからかわれた。高校や大学時代、友人を連れて店でごちそうになった。豪傑で酒好き。若い頃は自分の店をしていたこともあったとか。なかったとか。あれから1か月。息子からの連絡はない。私の中の霧が深くなる。

「家のメダカにエサをやりに行ってくれんか」

高齢者のアパート一人暮らし。この春吉の地に戻って来たらしい。この場所は祖母、伯父、父が人生の半分は住んでいた場所。福岡大空襲で周囲が焼けても残った一角。焼夷弾から身を守るため、幼い父と伯父は家のすぐ隣を流れる那珂川に飛び込んだらしい。

この時その幼い兄弟が川にダイブしていなければ、今、私はここにいない。

私は42歳になり、初めて信おじちゃんの住まいを知った。隅々まで整理整頓が行き届いている部屋。伯父と暮らすメダカ。エサを転がしながら狭い水槽を行き来する。その姿が私に靄をかける。博多祇園山笠の手ぬぐいと扇子も持ってくるように言われた。

細くて長い包丁、一品料理の作り置き、元料理人の足跡。棚には毎年初詣で買うという小さな干支の博多人形が並ぶ。そして、写真立て。一人の女性。何か気まずい。写真の前には水の入ったお猪口。水を替えて写真に手を合わせた。内縁関係にあった人。その存在と3年前に伯父がその人を看取ったこと、最近知った。伯父の人生で、家族という型は生きていく基盤にはならなかったのか。子供の頃私が大人たちに聞けなかった、得体のしれない疑問は今の私にも湧いてくる。もう一度写真に目をやった。その女性が気の毒に思えた。この人は幸せだっただろうか。この人を幸せにできたんだろうか。伯父一人が身勝手な生き方をしてきたのではないか。財布から取り出された男の子の笑顔が、眼の前の女性の前に立ちはだかる。

着替えを鞄に詰めていると、スマホがなった、病院から。

「姪御さんですか」いつも受付にいる梶田医院の奥さんだった。

「浴衣と帯の準備をお願いします。お着替えして頂くためのものです」

「えっ？　ゆかた？　ですか。来週でもいいですか」

「いやっ、来週じゃ……、明日にはお願いします」

「明日？　じゃあ今から買いに行きます」

私はこの時、その意味を理解していなかった。


閉店間近の十九時。急いで幾つか商店を回った。ない。急に入院用の浴衣なんて見つからない。夏の終わり、地下街の呉服店で、数は少ないがその中にひとつ素敵な柄の浴衣を見つけた。

次の日、病院に預けにいくと、看護師さんが紙袋の中身を見て言った。

「まあ、こんなに良いもの」

「若い頃からおしゃれだったので」

看護師さんは下を向いた。うん……うんと頷きながら泣いているようだった。

病室に入ると管につながれていた伯父は苦しんでいた。

「こちらの言ってることはしっかり聞こえてますよ」

梶田先生がこちらを振り向くことなく言った。先週よりまた確実に弱っていた。私は、耳元でゆっくり、はっきり、大きな声で伝えた。

「むすこたち くる、ってよ。さっき れんらく あったばい。らいしゅう。あと いつか。あと、5日」

先生が管を外すと、「……あぁ、あり が とう」信おじちゃんは、ゆっくりと太い声で答えた。

自宅に戻り寝ていると、夜明け前、電話がなった。その音が一瞬で心臓に圧をかけた。目を閉じた信おじちゃんの肩に手を置いた。身体を擦りながら、今度は私が言った。ついさっき、ほんのついさっき、伯父が絞り出すように言った言葉。

「ありがとう」

私はまた聞けなかった。どうして今、逝ってしまうの？　息子たちが来ると知ったから？　安心したの？　それとも、逃げたの？　どうして……。せっかくあと少しで会うことができたのに。すれ違った軸は、どこまでも交わることなく続いていく。私の軸もどこかで何かと交わったり、知らぬ間に知らぬ軸と平行線をたどったりしているのだろう。

看護師さんがタオルと浴衣を持って入ってきた。今から着替えるの？　似合うといいね。

カーテン越しに見える窓の外は、空の色が変わり始めていた。一度病院の外へ出ると、夏の終わりの朝のにおいが少しだけした。

「日中の暑さはまだ暫くは続くよ」マンションやビルのどこからか、鳥の声がそう教えてくれた。

えらいよ私

よりたひ

それなりに真面目だし、わりと空気も読む方で、自分を主張するより周りに合わせる方が楽だと感じるタイプ。それが私。それでもやっぱり心の奥には誰かに褒められたいとか認められたいとか、頑張っているってわかってほしい欲求が確実に存在している。心で思っているだけじゃつまらないし、日記に書いているだけじゃ奥にいる自分を満足させられない。ＳＮＳもやってないからここに書くことにした。私は私の人生を今日も頑張って生きているし、えらい。

子供が生まれた。障害があった。これはさすがに想定外。当時の私は絶望した。世界の色がなくなるって本当だった。泣いた。とことん落ち込んだし、何かを恨んだし、描いていた未来を失ったと悲しみに暮れた。そんなふうに思えてしまう自分にも失望した。孤独だった。でも一か月ほどたった時、泣いて落ち込む自分にもうんざりしてこんな自分にも飽きてきたなって思った。

これまで知らない誰かを羨んだり、誰かのようになりたくて、もっと違う自分になりたい、とここに無いものを探してないものねだりを繰り返してきた自分ではもういられない。私の人生は私で生きるしかない。誰にもなれない代わりに今の私を受け入れる。そして生きる。何より目の前にいる子供の命はびっくりするくらい逞しく、日々を前へと進めてくれる強さがあった。

そして前に進むためにもうひとつ力をくれたのは音楽だった。中学生の頃、苦しい時に聞いていた音楽。久しぶりに聞いた。当時頑張っていた自分に大人になっても支えられた。あの時、ちゃんと向き合って乗り越えて良かった。若かりし自分、頑張ってくれて本当にありがとう。えらい。そして私は「やるしかないか」って腹をくくった。そんな私もえらかった。

いざ心を決めたなら、障害があってもなくても育児は続き、当たり前のように日常は過ぎる。障害児ではなくただ可愛い我が子となり、世界に色は戻っていたし、未来も普通に思い描けた。悩みもあるし仕事もあるし、怒ったり笑ったり、寝たり起きたり。つまり何てことのない生活があった。だけどこの頃はとにかく忙しかった。命燃やして猛烈に生きていたなって思う。私はよく頑張ってた。えらかった。

そして我が子は二歳を迎えようとする頃に亡くなった。風邪をこじらせて二週間の入院のはずが、家に戻ってくることは無かった。

命を燃やした日々だったからこそ燃え尽きた。

絶望から立ち上がって進んだところでもっと深い地獄へ突き落とすとはあまりにもひどい。今度は音楽さえも聞けなかった。あんなに逞しく強く感じた命だったのに。もう思い描く未来には当たり前に我が子がいたのに。

そこからは自分の心と向き合う長い日々が始まった。苦しくても辛くても痛くても逃げたくないと思った。自分を責めたかった。我が子はもっと苦しかったんだから。仕事もそのまま続けていたけれど、心が追い付かなくなって辞めた。

長く続けた仕事だったから、「辞めるなんてもったいない」と言われたりした。だけど自分に言いたい。我が子を亡くした悲しみを抱えて一週間後には復帰して笑顔で働き続けた私はよく頑張った。このままじゃ自分も家庭も壊れてしまうと退職を決断したことはえらかった。何もしないで引きこもっているようだったけど、生きるために必要なことをしていたんだから頑張っていた。周りを心配させないように振る舞ったりしてえらかった。涙を見せないように一人で泣いて頑張っている。

だけど本当はえらくない。分かってる。後悔が山ほどある。今更自分に頑張ったって言うよりも、子供が助かるために頑張りたかった。

七年間、心の在り方はその都度変化もあるけれど、我が子を想い、ずっと向き合い続けている。それが今の私に繋がっていて、またいつか未来の私を支えてくれるかもしれない。そして頑張っていたって思える日が来るかもしれない。

人生は長い。我が子を亡くした時、ここから先の人生があまりにも長いと悲しかった。今は私の人生だけど子供と共に生きているつもりでいる。子供を亡くすということはあまりにも悲しいけれど、どの親にとっても我が子と出会えたことは奇跡だと思う。出会えたことに感謝している。

我が子によって、私は何も知らなかったんだということを知った。そして七年たったからこそではあるけれど、特別じゃない小さなことにも心から幸せを感じられるようになった。もう誰かになろうとは思わない。失ったからこそ満たされていることが分かる。我が子と出会って共に生きて、肉体こそ失ったけれど共に生き続けている日々があるからこそ私が私のまま生きる意味がある。

だからやっぱり、私は私の人生を今日も頑張って生きているし、えらい。

母からのメッセージ

古川　香澄

トントン。介護施設のキミ子さんの部屋の、ドアをたたく音がしました。

「どうぞ」キミ子さんはテレビを見たまま返事をしました。

「お待たせしました。誕生日の写真を撮りましょうね」と、介護職員の原さんが部屋に入ってきました。

「私、いくつになったのかな?」

「八十六歳ですよ」

キミ子さんは大正九年六月六日生まれです。

「長生き、し過ぎたかな」

「いえいえ、この施設にはお元気で九十七歳の方がいらっしゃいますよ。だからキミ子さんもお元気でいて下さいね。さあ行きますよ」

「はいはい」と重ね返事をして、歩き始めたキミ子さんの前を、原さんが遮るように、

「キミ子さん、わ・す・れ・も・のですよ」

と杖を渡され、にっこり。

「ありがとう」と言いながら部屋を出て、いつもの写真場所の椅子に腰かけました。

今日は六月六日　晴れ
梅雨の雨に合わせて、傘を差しての記念写真です。

「ワァァ～かわいいアジサイの花の傘？　誰が作ってくれたの。ワァーかわいいなあ」

傘を差しながら、

「う～ん、傘に合わせておしゃれな洋服着ればよかったかなあ」残念そうなキミ子さん。

「今着ている洋服もステキですよ」と原さんが言うと、

「そうかなあ」キミ子さんの不満気味の声、

「にっこり笑っていい顔して下さいね」

と原さんが言う前から、キミ子さんはニコニコ顔でした。

「二枚撮りますね、写しますよ。一、二、三、パチリ。もう一枚、一、二、三、ＯＫ」

「ありがとう」キミ子さんは写し終わった後も傘を差したまま、椅子に座っていました。

「ねぇ、この傘差してお庭に行きたいんだけど、ダメですか」

「お庭？」原さんは壁の時計を見て、

「まだ誕生日会まで、時間があるから行きましょうか。車いす持ってきますね」

原さんが車いすを押して戻って来たので、車いすに乗り換えて、原さんとエレベーターに乗り一階に降りて、施設の庭に出ました。

「キミ子さん、こんにちは。可愛い傘ですね」

先に来ていた入居者の人や、職員さんが声をかけてくれました。

「職員さんが作ってくれたの」

そう言いながら、アジサイの花のところまで来ました。

「アジサイの花、咲いていてよかったですね」

原さんが言うと、

「私はネ、アジサイの花が大好き。和歌山の私の家にはピンクのアジサイが毎年咲いたの。今年もきっと咲いていると思うわ……。春になるとスイセン、ツツジ、蘭の花、白ユリ」

思い出すように、キミ子さんは遠くの景色に目を向けました。

「帰りたいですか。和歌山のお家にもどりたいですか」

原さんは喉まで出かけた言葉を飲み込みました。口に出してはいけないセリフです。

急にキミ子さんが、「アジサイの花は紫、青、白、赤やピンクみんな好きだけど　青や紫が大好き」

「私も、アジサイは青が好きですね。アッ、カタツムリ、かたつむりがアジサイの葉っぱに乗っていますよ」と原さんが驚いて言いました。

「どこどこ」キミ子さんが急いで車いすから降りようとすると、

「ダメ、ダメですよ」原さんが急いで声をかけました。

「だって見えないんですもの」

「ちょっと待って下さい」原さんが急いで杖をキミ子さんに渡しました。

「また、忘れてたァ」ニッコリ笑って杖を受け取り、急いでカタツムリに近づいていきました。

カタツムリは緑の葉っぱの上にいました。

「わぁ、二匹。夫婦かなぁ、それとも親子？」

「さぁ？　キミ子さんはどう思いますか」

「わかりませんね。あ、動いた、一緒に動いた。どこへ行くのかな」

二匹のカタツムリはゆっくりと葉っぱの上を進んで行き見えなくなりました。

キミ子さんは杖を突きながら花を見ていると急に、小雨が降りだしたので、急いで車いすに戻ってお花の傘をさしました。

「よかった、傘があってよかった。でも傘がぬれてだめになるかなあ」

やがて、小さな雨がやみました。

「傘だいじょうぶかな」雨にぬれた紙のあじさいの傘は、柔らかくなっていました。

「破れてなくてよかったわ」

　空は雨が降っている間も弱い太陽が出ていたので、

「お日さまが出ていたのに……不思議な雨だわ」声に出して言いながらキミ子さんは、遠くの真っ青な空を見上げました。

「ワアッ、虹だ、きれいな虹。おきつねさんのお嫁入りかも。あの虹を渡ってお嫁入りしたのかなあ？　きっとそうだわ。

　だからこんないい天気でも小さな雨が降ったのね」

　キミ子さんは首を二回ふってうなずきました。雨が降っている間、キミ子さんから離れていた原さんが急いで帰ってきました。

「ごめんなさい。だいじょうぶでしたか。誰もいなかったのですね、ひとりにしてはいけない決まりなのに」

「ううんだいじょうぶでしたよ。雨の時は車いすに座って傘を差していたから」

「それよりはやく早く、見て空、空を」

　キミ子さんは急いで空を指さしました。

「とてもきれいですね」

　キミ子さんは、虹ががんばって原さんを待っていてくれたのだと思いました。

「お嫁入りのおきつねさんが虹を渡って行ったの。あの雨はきっとおきつねさんの、ご両親の娘を手放す寂し涙かな」

「そうかもしれませんね」

原さんが空を見上げたままで言いました。

「さあ、お庭をひと回りして帰りましょう。もうすぐ、キミ子さんの誕生日会が始まりますよ。楽しみましょうね」

この後キミ子さんは、ケーキを食べてみなさんとゲームをして楽しみました。


この物語は私が毎日の面会時、繰り返し聞かされた話を文字にしました。

そして母の話は、入居者全員が食べられる月に一度のご馳走誕生食、桜花見、盆踊り大会、遠足、お買い物、楽しいイベントなど。施設での楽しかったことばかりです。辛いこと、嫌なことは話しませんでした。


今も思い出します。

母の入所契約の署名の後、涙ぐんだ私を見て、係りの方が、

「たくさんの方の入所手続をしてきましたが、泣かれた家族さんはあなたが初めてです。今のつらい涙を、入所していただいてよかったと思われるような対応を、心掛けるつもりです。ご自身を責めないでくださいネ」

一緒に住むことができないとわかっていた母が、入所を受け入れた時の安堵と共に、どうすることもできないもどかしさが、私の心を膨らませていた涙です。

＊決してあなたの母親を施設に入所させたことに、罪悪感を持たないでネ
私は寂しいひとり暮らしよりも、あなたが見つけてくれた施設での生活、毎日の面会時のあなたとの話し合いが、とても幸せだったのヨ＊

あのあじさいの傘をさして笑顔の写真を見ていると、そんな母の声が聞こえてきそうです。

そして母からのこのメッセージを、私の二人の娘に伝える日が近づいてきたような気がしています。

別れと出会い

平田　初枝

私は、自分の一生を病める人、貧しい人のために捧げたいと思っていた。

高校時代にカトリックと出会い、カトリックの看護学校で学び、その後都立病院の外科で働いていた。

彼と出会ったのは、そんな時だった。

原因不明の出血が続く二十歳の青年が緊急入院してきた。状態は日に日に悪くなり、医者たちも必死でかかわったが、原因はつかめず、彼は死を目前にしていた。

原因を探るため、開腹手術を行うことが決まり、手術前日は私の夜勤の日だった。

夜間、青年の状態は悪くなり、何度も意識がなくなった。このまま、朝を迎え手術を受けることが出来るのだろうかと心配になるほど出血は続き、血圧は下がっていった。

輸血をしても、まるでざるのように出血は続き、止まることがなかった。彼は死の淵をさまよっていた。

なすすべのない状況の中で、私は何度も、彼の耳元で名前を呼び続けた。手を握り、冷たい手をさすった。

朝が来て、彼を手術室に送ってから、仕事を終えた私は家路についた。家に帰る途中に教会がある。誰もいない聖堂に入り、ひざまずき神に祈った。

「命の与えぬしである神、あの若い未来ある青年が、今、命の火を消そうとしています。原因もわからぬまま、人生を終えようとしている青年。母親の悲しみ、苦しみを顧みてください。命の与えぬしである神が、彼にもう一度、命の息吹を吹き込んでくださいますように」と祈った。

まじめで、誠実に生きてきた青年の傍らで涙している両親が痛々しかった。

二日後、病院に出勤した時、私は、彼の部屋を一番先に訪れた。部屋に入った時の様子が忘れられない。

頬をピンク色に染め満面の笑みの青年がそこにいた。

手術をしてもはっきりとした原因は見つけることが出来なかったといわれながら、出血は止まり、少しずつ重湯やお茶を摂取できるようになっていた。

若い人の回復は早い。見る見るうちに元気を取り戻し退院していった。

それから間もなくして、青年から長い感謝の手紙をもらった。

意識をなくし、深い淵に落ちていく時、いつも自分の名前を呼び手を差し伸べ引き上げてくれたのが私だったという。命を救ってくれたのは私に他ならないと思い詰めた様子の手紙だった。

自宅へも度々電話をかけてきた。会いたい。会って話がしたいというものだった。私はいつも居留守を使い、母や妹に対応してもらっていた。それでもやまない電話攻撃に、とうとう根負けした私は、一度会って話を付けようと決意した。

彼は私に恋をし、周りが見えなくなっていたのだ。

秋晴れのある日、抜けるように空は青く澄み渡っていた。私は神代植物公園に彼を誘った。美しいバラの花を眺めながら、青年の思いを私はしっかりと受け止めた。

その帰り道、観想修道会の聖堂に青年を案内した。世俗を離れ生涯を神に捧げ、祈りの日々を送る修道者の生活を見てほしかったからだ。そして、最後に、私は青年にハッキリと別れを告げた。私はこのような修道生活の道を行こうと思っていることを話した。

年が明け、冬が終わりを告げようとしたころ、青年から分厚い封書が届いた。それは私を驚かせるものだった。

私に振られた悲しみから、冬山に登り、雪の中で自殺を図ったというものだった。寒い雪山で眠り、このまま死んでしまうと思っていたが、翌朝、朝陽の輝く中、目が覚めた時命があったことに気づいたという。それ以来自分の家の近くの教会に通っているとしたためられていた。

神は、一度ならず二度までも青年の命を救ってくれていた。青年の淡い恋を無残にも踏みにじり、傷つけてしまった私だったが、いつくしみ深い神は、青年の心も命も優しく包み、より良いほうへと導いてくださっていた。

二十五歳から三十歳まで、私は念願の修道生活を送った。幸せなひと時だった。そんな時に、父が脳血栓で倒れたと知らせを受ける。半身不随、言葉も出ない。下の妹はまだ学生。家族のことを考え、私は修道院を出て家に戻った。産院で働きながら母を支え父を見ることにした。

リハビリのかいもあって、一年もすると父の日常生活はずいぶんよくなっていった。いつもむせこんでいたのが少なくなり、つえをついて散歩にも出られるようになっていった。自分の言いたいことを言葉にすることは時間がかかったが、なるべく多く話しかけ、自分から言葉を発するように仕向けた。

少しずつ父の状態が落ち着いてくるとともに、私の修道生活への思いがまた膨らんでいった。海外での医療援助をしていこうと考えた時、看護師としての技術だけでなく、助産師の資格も持っていたほうが、もっと役に立つのではないかと考え、助産師学校に進学した。

それから間もなくして、カンボジア内戦が勃発する。たくさんの難民が山を越え、カンボジアからタイへなだれ込んでくる様子をテレビのニュースで見て私の心は騒いだ。その人々の姿は私の心をとらえ動かした。この方たちの役に立ちたい！　と。

日本政府はお金だけ送り人を派遣しなかった。日赤もまだ安全が確認できないからと様子を見ていた。そんな時、カリタスジャパンが救援要員を募集していた。外科か産科の経験あるフランス語か英語を話せる医師と看護師というものだった。私はすぐ応募し採用された。夏休み明けの九月一日に出発する予定で準備を進めていたが、私が助産師学校の学生であることがわかり「この救援活動はしばらくかかるから、今すぐ行くより卒業してからでも遅くはない」と言われ、次の年まで出発を延期することにした。

カンボジアへの思いを胸に助産師学校で忙しい実習の日々を過ごしていた十月、保健所実習があった。赤ちゃんの健診や未熟児の訪問指導があり、その地域の保健師について家庭訪問を行っていたある日、未熟児の訪問資料を見て驚いた。父親の名前、職業、年齢があの青年と全く同じだったのだ。家を訪れてさらに驚いた。小さな赤ん坊の顔が、私の知っているあの青年とうり二つといっていい顔だった。

青年からの熱いアプローチに冷たく返し、交際を断った私だったが、そのために命を絶とうとした青年が結婚し、父親になっていたとは、とてもうれしく心が躍った。そんなことはおくびにも出さず、赤ちゃんの身長、体重を計測し哺乳量をチェックし、母親に話を聞き、未熟児訪問指導を終えて戻った。

こんなに不思議な出会いがあるだろうか？　記録を見ると、その子の兄たちも皆、低出生体重児だった。すでに四人目、お母さんには落ち着きとゆとりが感じられた。

幸せな家庭を築いておられた青年に一言この喜びを伝えたくて手紙を書いた。

青年からもすぐ返事が来た。結婚前から私の話を奥様によくしていたとのこと。彼女も私のことをよく知っているし、子供たちは皆元気でいること、教会に通っていることなどを知らせてくれた。神様のいたずらのように感じた。

助産師学校を卒業して間もなく、カンボジア難民の救援のためにメディカルチームの一員としてタイに飛んだ。

その年のクリスマス、日本からの郵便の中に、あの青年からの封書を見つけた。

家族の写真が一枚同封されていた。剣道着を付けた三人のお兄ちゃんと共に、昨年健診した赤ちゃんが写っていた。四人ともお父さんそっくりの顔、幸せ家族の写真だった。そこに添えられていたカードには、「日本に戻られたら、ぜひ家に遊びに来てください」と書かれていた。死の淵から生還した青年は、新たな命を受けさらに家族という大きな命を支え守りはぐくんでいた。人の力を超える大きな意志と深い愛、恵みを私はそこに見た。あれから四十年どうしているだろうかと思いつつ、いまだに私は連絡を取っていない。

人生の中での出会いと別れ、冬の寒さや太陽の日差しによって成長させられている木々や花々のように、人もまた、出会いと別れを通して人としての成長をさせていただいているのだと思った。
私も、置かれたところで精いっぱい咲きたいと思う。

母の逝き際のこと

松尾　夜空

息子が奇跡的に志望大学に合格し、本当ならば明るい船出となるはずだったその春に、コロナ禍と母の病という二重の暗雲が立ち込めた。

その年の正月頃から足の付け根が痛いと母は言っていたのだけれど、「歳も歳だし骨粗《こつそ》鬆症《しょう》じゃないの？」と、家族は誰も深刻に受け止めなかった。それくらいそれまでの母は元気な老人だったから。前年の秋にもダイビングが趣味の母と私、そして息子の三世代で、プーケットまでダイビング旅行に出掛けたばかりだった。齢《よわい》八十でダイビングともなれば、誰もが「すごいですね」と言ってくれるものだから、母は得意げに年齢を公表していた。

そんな母が救急搬送されたと連絡があり、事前に家族が病院から呼び出しを受けたときですら、私はまだ大したことはないと思い込んでいた。いや、そう信じたかったのかも知れない。搬送先の救急医から告げられた病名は「肺がんの骨転移、ステージ四」だった。私の姉は遠方に住んでおり、すぐに駆け付けるのは難しく、昭和一桁生まれの父は母の病状よりも自分の生活を心配する有様だった。私がしっかりしなければ……と思うものの、何をどうしっかりすれば良いのかさえ分からず、いや増す不安に圧し潰されそうだった。家族への告知の後、車椅子に乗った母が呼ばれて告知を受けた。私とは裏腹に母は淡々と事実を受け入れているように見えた。母は六十年以上を看護師として働いてきた人だ。家族の前で動揺するなどプライドが許さなかったのかも知れない。その程度には意地っ張りな人だった。

母は医者の再三の勧めにも屈せず一切の化学療法を拒否し、足の付け根の転移巣を放射線で叩く対症療法だけを希望した。二か月ほどの入院治療の後、母は歩けるようになって退院した。

がんは亡くなる直前までそれなりにこれまで通りの日常生活が送れる病気だ。母は動き回れる内に……と言って、銀行口座の整理、株式の現金化から、不用品の処分、墓じまい、そして一人残されるであろう父を説得して母がいなくなった後に入所する施設の契約まで済ませてしまった。「俺の面倒は娘たちが見れば良い」とごねる父を「私の大切な娘たちの人生をあなたが潰すことだけは許さない」と母が鬼の形相で叱り飛ばした姿が今も目に焼き付いている。

母があらかたの死に支度を済ませた頃には夏になっていて、ちょうどその頃の検査で脳転移が見つかった。おそらく内心では母も心乱れたことだろうが、この時もやっぱり私の方が激しく動揺してしまい、「大丈夫、ガンマナイフという治療を受けられるから」と、母に諭される始末だった。まだ肌をチリチリと焼く盛夏のような日差しの残る九月に母は初めてガンマナイフの治療を受けた。コロナ禍なので入院中は面会にも行けず、ずいぶんと気を揉んだが、母は毎回、元気な姿で退院してきた。三か月おきの経過観察でも新たな脳転移は見付からず、母は再びスイミングなどにも通い始め、このままずっと穏やかな日々が続くのではないかと家族全員が思い始めていた。が、初回のガンマナイフから九か月が経った頃、複数の転移性脳腫瘍が見付かった。認知症様の症状が出る可能性のある全脳照射を嫌がった母のために、主治医は一つ一つ脳腫瘍を狙い撃ちして潰していく術式を採用してくれた。二回ほどそんな治療をした後、今度は軸椎への転移が見付かり、足への骨転移の時と同じく放射線治療を受けることになった。この頃から母はベッドに横になって過ごす時間が長くなったものの、母はそれでも自立生活を送っており、食事の支度や掃除なども自分でやっていた。だが、それも限界だったのだろう。人の世話をするのは好きだけれど、人の世話になるのが何よりも嫌いだった母が緩和ケア病棟に入院したいと言い出した。

発病から二年近くが経っていた。入院してからの母は、日に日に弱っていった。ある朝、ベッドから起き上がれなくなったと入院先から連絡があり、病院に駆けつけると母がセデーションを希望していると聞かされた。病室の母に会いに行くと母は私に「もう充分に生きた。自分の人生に何の後悔もない。本当に良くして貰ってありがとう。年寄りが死ぬのは当たり前なのだから、泣かないで」と穏やかな表情で言った。私は今にもこぼれ落ちそうな涙を必死でこらえ「お母ちゃんの娘で良かったよ、生まれ変わってもお母ちゃんの娘になるから。私の方こそありがとう」とやっとの思いで母に告げた。母は私の手を取り、微笑んだ。

病室を出た私は「母の希望通りにお願いします」と主治医に伝え、セデーションを受けた母は五日後に天に召された。

今でも私はあの時の決断が正しかったと信じている。母の人としての尊厳を守ることができたと思っているから。私の記憶の中の母は今でも格好良い母のままなのだから。

優しくなれなかった過去

スエトモさん

「多重人格」という、映画やドラマの中でしか縁が無いと思っていた言葉が、こんなに身近で人生を大きく変えてしまうとは、二十代の私は想像していなかった。作られた物語では「記憶喪失」が花盛りだが、もっと深刻でSF要素満載の「多重人格」は、にわかに信じられない日常の出来事だった。近年では「解離性同一症」と呼ばれている症状だが、当時の私に捧げる備忘録として、あえて「多重人格」と記載させて頂く。

のちに結婚と離婚をすることとなる、彼女との出会いは、仕事関係の知人との飲み会。地味な格好をしており、かつて舞台で芝居をしていたという情報が信じられない程、おとなしい印象の人。化粧っ気がない割に、目鼻立ちが派手だと感じた記憶がある。出会ってすぐに付き合うようになり、一緒に暮らすようになった。

彼女は、すでにバツ2だった。最初の結婚は若い頃、年上の男性だったと記憶している。本人は納得していない結婚だったそうで、一度目の離婚。しばらく時間が経った頃、年齢も近い男性と再婚。それも終止符を打って、もう結婚を考えたくないと思う頃に、私と出会った。私の三つ年上女房だった。コロコロ変わる性格の多くは、実年齢と比べ、幼い時、若い印象の時、年相応に感じる時があった。つまり私には年上だと思う瞬間が、あまり無かったように思う。

うつ病にも似た症状。どこかイライラしていて、そうかと思うと本当に子供のような顔をしてパッと笑ったりを繰り返していた。

さらに驚いたのが、独占欲の強さだった。過去に私の付き合ったことがある相手をやたらと気にすることがあり、当時ガラケーの携帯電話に入っていた電話帳は全部消されてしまった。そこからは学生時代の友人とは連絡が取れなくなった。ヘタに連絡を取って危害を加えられると困ると感じたので、あえていまの生活を第一に考えるという名目で全てを切り捨てた。

グラフィックデザイン会社の営業職で、社長の評価も高いようで、スタッフとの関係も上々に思われた。しかし彼女は、会社を辞めた。中にいる人格の誰かが、自分を押し殺す職種に嫌気が差したようだ。本当の所はわからないが、仕事を辞めて、より一層悩みが多い暮らしが始まった。多少の蓄えも気がつけばパチンコで使ってしまい、あっという間に多額の借金を作ってきた。このままではいけないと奮起して、再就職先を探してくる。面接をするとどこも評判が良く採用の声を頂くのだが、彼女のなかで何か気にくわないことがあるという理由で、なかなか決まらなかった。

時間ができると、部屋の中を物色する。私の昔の暮らしの残骸を見つけては破り捨てたり、燃やしたりを繰り返した。写真も過去の記憶ともども、ことごとくすべて捨てられた。一番驚かされたのが、何かの拍子に過去お付き合いしていた女性の名前を見つけた時のこと。その名前と同じタレントのアルバムがバキバキに割られて捨ててあった。極めつけは、同じ名前のヒロインが現れるコミック漫画の、その登場人物が出るシーンから破られて、ビリビリにされ捨てられていた。

彼女が多重人格だと確信したのは、その頃私が勤務する職場の比較的親密で、特に彼女の症状を理解頂けるであろう、数名の仲間だけに、会わせた時のことだった。居酒屋で三度顔を見せた。三度会って、三度とも「初めまして」と挨拶をしたのだ。友人は「またま た～」と場を和ませたが、彼女は大真面目で三度、初見だったのだろう。違う人格という意味で。

結婚式の二週間前まで、毎週末に車で郊外の精神科病棟に向かった。彼女は入院と退院を繰り返していた。その建物自体も、部屋も全体的に真っ白で、頭痛がした。病室に行くまでに何度か施錠のされたドアを通り、中から他の患者さんが逃げ出さないように気を使った。四つほど鍵つきのドアを通った所に、いつものパジャマを着た彼女がいた。しかし、真っ白い室内には全く合わない、真っ赤な口紅を塗って笑っていた。その顔と声を聞いた瞬間、グッと泣きそうな感情を抑えつけていた。

その精神科病棟では、一度に十円玉を十枚だけ渡して良いルール。その十円は公衆電話に使える。テレフォンカードもあったが、リストカットの恐れがあって禁止されていた。当時の電車初乗り料金が百二十円。万が一にも病院を抜け出せた際に、勝手にバスや電車に乗れないためだと説明された。彼女はやたらともう五十円くれとせがんできた。あなたにもっと電話をしたいから。そんな言葉にもグッと我慢した。

結婚してからも毎週末に近所のクリニックへ通った。そこの医師とは相性が良かった。そんな先生に言われた一言が、とても辛かった。

「君は精神科の医者に向いているね。巻き込まれることなく状況を客観視できる」

虐待経験。厳格な家族。話ができない。相談ができない。逃げられない。当時はそうしたことが原因で、こうした多重人格の症状が現れる可能性があるとされていた。彼女の家庭も色々と確執があった。

クリニックの先生がせっかくそこまで言ってくれたのに、私は離婚をした。先方の父親と仲良くなり、しばらくはふたりで飲みに行ったりした。

逃げることで解決をできたとは思わない。ただひとつ。離婚をして、連絡を取らなくなって、一年以上過ぎた頃、一度だけ彼女から電話が来た。正直出たくなかった。

「もしもし！　元気？　あのね、私、結婚するの！　今度の旦那はね……」

元気そうな彼女の声に、涙が出た。それを悟られないように言葉を重ねた。

「ごめん！　新しい旦那情報はいらないし、聞かない。良かったね。おめでとう。もう失敗しないようにね。あと、もう電話しなくていいから。お幸せに」

彼女は一言。

「優しくないなぁ」

と言った。

電話を切ってからも、涙がこみ上げた。嬉しいからではない。あの病院で通る鍵の付いたドア。その記憶が蘇って、やっと出られた心苦しさと、それでも生きていく彼女の大変さが痛いほどわかるからだ。心ではずっと叫んでいた。

『ごめんね。本当に、おめでとう』

人生の中で小説になるような出来事に何度出逢えるかわからないが、少なくとも私の今に影響を与えたひとつの出来事。優しくできなかったことを悔やんでいる。それでも私も生きている。

キクチキクノさん

川田　理香子

あなた、わたしは今とても幸せです。
辛いと思っていた日々を忘れるほど幸せになりましたよ。

これは、キクチキクノさんの日記の一部である。古いノートや括られたチラシの裏紙に書かれた大量の日記は「あなた」へ呼びかける文章が多かった。

その日記は、ところどころにシミがついていたり、インクが滲んで破れていたりと読めなくなっている部分もたくさんあったが、大好きなキクチキクノさんを知りたくて、私はその日記を読み続けた。

キクチキクノさんは私が「おばあちゃん」と呼び一緒に暮らしていた人だが、正確には私にとって大伯母だった。

姓がキクチで、名がキクノ。特徴的な名前と人柄の良さも相俟《あいま》って、狭い田舎の町で知らない人はおらず、なぜか近所の人たちは「キクチキクノさん」とフルネームで呼び、私は「キクチキクノさん家にいる?」「キクチキクノさん見かけたよ」などと声をかけられることが多かった。

そのせいか私もいつからか、心の中だけで「おばあちゃん」ではなく「キクチキクノさん」と呼ぶようになっていた。

「本当の強さとは、優しく真《まこと》であること」とキクチキクノさんはよく言っていた。

着物の上から腰巻エプロンを曲がった腰に巻き付けて、朝一番にすることは、仏飯器《ぶっぱんき》にもった温かい白飯を神棚に供えて、手を合わせることだった。それから狐を祀っていた近所の神社へ油揚げを供えに行くことが日課だった。

キクチキクノさんは神社の狐を「こんこん様」と呼び、私がいたずらしたり、困らせたりすると「こんこん様の所へ連れて行くよ」と怖い顔をした。

何よりも怖い存在だったこんこん様の名前を出されるたびに、私は背筋を伸ばして良い子になると誓うのだった。

夜になり「一緒に寝ていい?」と言えば、ゆっくりと体を動かして布団をあげて、私の入れるスペースを作り「大好きっ子と寝られて嬉しいわ」と耳元で必ず囁いてくれた。

寒い季節には、布団の中の湯たんぽを私の足元にすべらせてくれたが、熱い湯たんぽに耐えられなかった私は、キクチキクノさんの寝息が聞こえたころにそっと元へ戻した。

キクチキクノさんは、結婚を約束した恋人と二人の弟を戦争で亡くして、十五歳離れた妹と二人で暮らしていた。

生きるために昼も夜も必死に働き、人生を共に歩む存在に出会う機会もなく、年月だけが駆け足で過ぎていった。

気がつくと、四十歳をとうにすぎていたキクチキクノさんは、両親が受け継いできた姓が途絶えることに罪悪感を覚えた。

そして、妹に婿養子をとるよう勧める。

婿養子としてキクチ家に入ったのが、私のおじいちゃんにあたる人だ。

やがて、若い二人の間に私の父が生まれたが、母親は父を産んですぐに亡くなってしまう。さらに不幸が重なって、それから一年ほど経って、父親が病気で亡くなった。

だから私の父には、思い出せる両親との記憶がなかった。

この子には、わたしがいる。わたしが母となって、父となってこの子を育てる。

その文字はキクチキクノさんの親として生きる覚悟が表れた力強いものだった。

キクチキクノさんは父を育てるために商いを始める決意をするが、銀行から資金援助を断られてしまい、それまでの貯えと金品を売ってなんとか資金を工面した。

海水浴場から歩いて数分に位置する自宅を店舗にして、子供が好きそうな菓子や魚の餌を売り始めた。

はじめの三年は苦しかったが、四年目の夏にかき氷を売り始めたことが転機となって、半年分の食い扶持をひと夏で稼げるほど繁盛した。

あなた、ようやく軌道に乗ってきたようです。あんなに相手にしてくれなかった銀行さん。今日は「お金を借りませんか」そう言って来ましたよ。おかしなもんです。

それからキクチキクノさんは、父が社会人になって一人前になるまで、景況に左右されながらも見事に商売を継続させた。

かわいい子。できることが増えました。まだまだ小さいのに、気分は大黒様のように立派なことを言うようになりました。

綴られた日記には、父を育てる喜びや悩みもあふれていた。

肩にうける手のひらが、あなたのように大きくなって、伝わる力の強さに成長を感じます。

老いては子に従えでしょうか。どうするべきでしょうか。口論がたえません。
あなたなら、どうしたでしょうか。
滲んだ文字が大粒の涙を連想させた。
父が結婚したときは、
桜の蕾がひらきはじめた暖かなよき日。我が子は本当の大黒柱になりました。あなた、
これでわたしも一つ安心できました。
私や姉弟が生まれた日の日記の書き出しは、
あなた、わたしのかわいい孫が無事に生まれました。

そして、毎日綴られていた日記は次の文を最後に書かれる日が少なくなってゆき、筆圧の弱くなった乱れた文字は、まるでキクチキクノさんの最期を暗示するようなそれだった。
あなた、ちかごろ夢によく出てきますね。
ようやくあなたに会えるということでしょうか。六十年分の積もった話に、あなたはきっと驚くでしょう。

キクチキクノさんは明治、大正、昭和と生きて、元号が平成になった初夏に静かに目をとじた。キクチキクノさんが八十五歳で私が九歳のときだった。

その日、こんこん様に油揚げを供えるために家を出た父を追いかけた私は、こんこん様の前で慟哭《どうこく》する父の姿を見て静かに引き返した。

父にとってキクチキクノさんは、まぎれもなく母であり、父だった。私にとって優しくて真なおばあちゃんだった。


ときが経ち私には今、二人の子供がいる。

「ママのおばあちゃんのおなまえは、なんていうの？」娘が聞いてきた。

「キクチキクノさんだよ」私は久しぶりにその名を口にする。

「キクチキクノさん？　なにそれ〜。可笑しなおなまえ〜」娘は大笑いした。

それから「キクチ〜キクノさ〜ん」と変なリズムで歌いながら、隣にいる息子と一緒に大笑いしている。

キクチキクノさんの特徴的な名前は令和の今でも親しまれて、私の中に過ごした日々と共に色褪せることなく残っている。

そして私は、キクチキクノさんが「あなた」に会えていることを今も強く願い続けている。

コスモスの詩

垂水　葉子

「いただいたコスモスで我が家の玄関が花畑になりました」
訪ねて行った翌日に届いた葉書にそう書かれていた。すぐに書いて投函されたであろう礼状の主は高校時代の恩師。

毎年初秋になると我が家の休耕田一面にコスモスが咲き始める。早朝、朝陽の中に露を含んで瑞々しく輝いて揺れるコスモスの花と細く繊細なレースのような葉。見映えのいいように薄いピンク、濃いピンク、それに白、花びらの縁の濃いピンクから淡くなってゆくもの、蕾も選びながらひとまわりしながら70センチくらいの長めの丈に切ってゆく。彩りよく束にして、バケツに一杯ぐらいになると花が傷まないように透明のセロファンで巻きリボンをかける。それを新鮮なうちに久しぶりの恩師のご機嫌伺いに訪問する際の届け物である。

実家の休耕田にコスモスを育てるようになって二十五年になる。父が高齢になって、田の管理が重荷になり雑草に覆われていた。

東京勤務だった夫が奈良に転勤になったのを機に、私の実家の所有地の竹やぶと畑地を整地して家を建て、家族五人が引っ越すことになった。完成した家のすぐ裏手に畑を含めて一反ぐらいの休耕田があった。

子供たちが成長し手が離れたころ、両親の老いも気がかりになり、少しずつ見習いながら畑作業を手伝うようになっていった。父はサラリーマンで農業はあまり積極的ではなかった。母と祖母が田を守っていたが大半が工場の敷地になり、残った田をとりあえず休耕田にしていた。私は雑草対策も気がかりで、思いついてレンゲの種を播《ま》いてみた。翌春一面にレンゲが咲き、さながらピンクの絨毯のようだった。次の年その花の種がまた同じようにピンクの花を咲かせるものと思っていたら期待がはずれた。レンゲの根に根粒バクテリアが窒素を含み肥料になるからと思ったのは聞きかじりの中途半端な知識で、花が終わった後土壌に鋤きこんでこそ肥料にもなり次に続くわけで、毎年種を播かなければいけなかった。次にはさつまいもの苗をたくさん植えてみた。つるが伸びて葉が茂り収穫時期になって掘ってみるとどの株もひげ根のような細いものでさつまいもに粘土質の土は向かなかった。

そんな時、隣りの畑で手入れをしていたおじさんが私の悪戦苦闘を見ていたのか声をかけてくれた。

「うちの向こうの畑に去年のコスモスの種が落ちて一杯生えて、邪魔になるから片づけるけどいらんかな？」

思いがけなかったが私はすぐ、

「もらってもいいんですか？　欲しいです」

と答えていた。

それから勧められるままに何回も往復してびっしり生えていた苗を全部もらって運んだ。折りしも近隣では、水を張って準備された田に田植え機が行き交い次々に整然と苗が植えられていた。私はおじさんにもらったコスモスの苗を、まるで昔ながらに田植えをするような格好で一本一本間隔を空けながら植えていった。

その年の秋、まばらではあるが濃淡のピンクのコスモスが咲いた。ともかく花が咲けば種をつけ、その種は次の年周りに落ちた種から次の代のコスモスが生えるだろうという期待だった。果たして次の年、雑草の合い間に確かにコスモスが芽を出した。その苗をみつけては一面に広がることを夢みてまばらなところへ移植していった。梅雨で水を含んだ土に長靴の足をとられながらの作業だった。夏の終わりから秋にかけてコスモスの花は咲き、年を経るごとに確実に増えていった。私は可憐に揺れる花を見ながら思った。

「これでいこう」

何年も経つうちにコスモス畑といえるほど一面に咲くようになった。しかし毎年気候は変動し、雨の多い年はむやみに丈が伸びた。暑さ厳しい夏は枯れ枯れになった。台風の時は倒れてしまった。ただ強風で全てが地面に倒れてしまったとき、コスモスは倒れたままで茎が頭をもたげ低い位置で花を咲かせ続けた。低い視界の先に広がる花々の姿は健気で力強くさえあった。また暑い夏を耐えて過ごした後に秋の涼風が吹くと急に息を吹き返したように勢いよく蕾を開きピンクの濃淡の花々の数を増やしていく。可憐さとしたたかさを併せもつコスモスの生命力を感じた。

そのうち花々を愛でる楽しみを誰かと分かち合いたいと思うようになった。なにしろ畑一面いくら摘んでも花は次から次へと咲き続ける。一輪の花は三日もすれば花びらを落とし、黄色い芯がやがて種を結ぶが次々新しい花は開き、一か月半ぐらい花の海は風の波に揺れる。朝陽の冷気の中で花と対話しながら丁寧に摘み取る。届ける人を想いながらひと抱えもある花束にする。歓声を上げて喜んでくれる人の顔が見たくて一人また一人と増えていった。メールで咲いたことを知らせると誘い合って畑まで来て、コスモスが縁で畑で同窓会ということにもなった。観光コスモス園は手入れが行き届いていて夏に種を播くので見晴らし良く丈が揃っている。我が家のコスモスは自生しているので春に草といっしょに芽を出す。気候に左右されながら自然の成り行き任せで雑草と競いながら丈を伸ばしていく。その自然にはかなげに揺れるさまがいいとわざわざ出かけてきてくれる友もいる。

孫といっしょに摘み放題を楽しんでいる。

コスモスのひとつひとつの花の中央の黄色い芯にはおしべとめしべがぎゅっと詰まっていて星の形をしている。コスモスは英語で「宇宙」、ギリシャ語で「秩序、調和」の意味があるという。コスモスの花の中にたくさんの星があり、畑のたくさんの花々の星は無限。そして天空、宇宙の星々と交信しているかと想像するだけで愛おしい。

やがてほとんどの花が咲き終わり次々と種をつけては枯れた色に変わる。種は細い針状で乾燥してパッと地上に落ちる。突き刺さるための針の形のようだ。そのころには幹は太く硬く枯れ木のようになる。それを引き抜き、または草刈機で刈り取り倒し、乾燥させて燃やす。その仕事は力仕事だけれど避けては通れない。それが済むと知り合いに頼んでトラクターで土を鋤き返してもらう。それが終わると田は十二月から翌年の二月まで表面上は眠ったように黒い土の静かな土地になる。こんな循環をくり返しながら年を重ねてきた。

ある年の春、緑の雑草の中に点々と赤い花が咲いていた。次の年一面を凌駕する勢いの朱色のポピーが咲いた。以前庭で育てた淡い色の数色のポピーとは違和感を覚え、調べると「長身雛芥子《ながみひなげし》」という外来種で他の植物の成長を阻害する恐れがあるため駆除の対象としている県もあるとのことだった。それを絶やすために見つけ次第引き抜き奮闘した。ある年はコスモスの茎に巻きついて縛り上げるように伸びるつる性のマメ科の雑草といたちごっこで戦った。維持し続けるのも大変だ。

夫は定年前から難病を抱えて闘病している。工学系の技術屋で土いじりとは無縁だったので農作業に関しては私の役割になった。花や庭木を育てることは好きで子育て中も続けていたから田畑の管理も行きがかり上ではあるが引き継ぐことになってしまったのだ。日常生活の大半を、夫の介護と父亡き後の高齢の母の見守りに費やす時間が増え、難しさと労力も増してゆく。しかし私の体力の許す限り、コスモスとの関わりを続けたい。人とのつながりを広げてくれ、摘んだばかりの花束を届ける時の少しの誇らしさと喜びをもたらしてくれる。

黄金色の稲田と向こうの山々を背景に咲き乱れるコスモス畑の景色をイメージしながら、周年手入れした先に一輪一輪の表情に向き合う時、私が癒され励まされている。

ピラミッドパワーと祖父

yoshida

私の祖父はいかにも昭和という時代を感じさせる破天荒な人だった。

祖母と二人で呉服関係の商売を始めたのだが、私が生まれる前にある程度軌道にのっていたそうだ。ただ一旦安定してしまうと祖父は飽きてしまうらしく、商売を祖母に任せ、自分はなぜか発明に熱中した。かけた費用と時間は相当なものだったそうだ。

まず作ったのは、当時農地に大きな被害を与えていたモグラを捕獲するモグラ取り機という代物だった。そのモグラ取り機が絶大な威力を発揮し、大量のモグラが捕獲された。

次に祖父はモグラの有効利用を考え、モグラの皮でモグラ靴、骨でモグラステッキといった独特な商品を開発するのだが全く売れなかったそうだ。いやそりゃ誰も買わないよそんな靴やステッキ。大体モグラ靴っていう響きがもう末期的な感じがする。モグラですよ、モグラ。それにモグラステッキって一体どんな代物だったのだろうか。モグラの骨をつなぎ合わせたステッキだったという父の話を頼りに想像してみても、形状すら全く思い描けない。そもそも骨が細過ぎないか？　大体ステッキを使いそうな人が、あえてモグラを素材としたチョイスをするとは考えられない。誰か当時購入した人がいるのなら、お金を払ってでも買い戻したいと思う。五百円くらいで。

モグラ靴は実際に父自身も履いたらしく、一言だけ肯定的な評価を伝えてくれた。

「モグラ靴は、ぬくかったでぇ」

夏場は完全に駄目そうである。

モグラグッズの後も祖父は売れない発明を続けていた。ただ常時発明をしていたわけではなく、隠居して時間もあったことから、共働きの両親に代わり私と弟のために時間を惜しみなく使ってくれた。

将棋や釣りの師匠は祖父だった。書斎の世界地図を見ながら、国際情勢について、祖父なりの世界観で説明してくれたこともよく覚えている。

「ここにあるのが日本。世界から見たらとても小さな所に住んでるんやで。太平洋の向こう側にあるのがアメリカ。そして北海道のさらに北の方にあるのがソ連。この二つがいま世界で一番力のある国や。まだ小学校もいってないんやから難しい話は分からんでもええ。アメリカが良いもんでソ連が悪もんって覚えといたらええ」

極端すぎるインプットだったが、ある意味間違ってない気が今でもする。

そんな祖父が晩年ハマったのがピラミッドパワーと言われるトンデモ理論だった。当時エジプトで考古学上の発見が相次いでおり、日本でもピラミッドブームが起こっていた。ピラミッドパワーもそのブームの一環で、四角錐の下にモノを置いておくと、宇宙からのエネルギーが注入されて、あらゆるモノの品質が向上し問題が解決する、といった理論だった。それにハマった祖父は、家中のあらゆる物にピラミッドパワーを応用し始め、我が家では相当数のピラミッドに様々な場所が占拠されるに至った。消臭効果を期待してトイレの天井の隅に設置されたり、麦茶が旨くなるといって、夏場冷蔵庫で冷やす麦茶ポットの頭につけてみたり、という感じである。当然家族の理解は得られず、祖母は、

「こんな変なもんつけたら、ポットが冷蔵庫に入らへんやないの!!」

と怒り、ポットの上部のピラミッドをはずして冷蔵庫にいれるのだが、祖父は夜中になるとこっそり起きだして冷蔵庫から麦茶ポットを取り出し、ピラミッドを付けて食卓の上に置いていた。朝になるとぬるくなった麦茶を見て再び祖母が怒り、また冷蔵庫にいれるという、麦茶ポットをめぐる不毛ないたちごっこが我が家では日夜繰り広げられていたので、当時の私にとって麦茶は夏の盛りにキンキンに冷やしてゴクゴク飲むものではなく、なんとなくぬるーいお茶であった。

このピラミッドパワーへの傾倒は時間と共に進み、ある時はみかんの上にピラミッドをかぶせると腐らないという理論の下、しばらく経ってみかんがカビると、ピラミッドパワ

ーで通常より早くカビたのだ、といった結論が導き出されていた。またある時は髭剃り用のT字カミソリを、ピラミッドの下においておけば長く使っても切れ味が鈍らないと言い張り、祖父の頬やあご下が傷だらけになっていたりもした。

そしてその延長線上に登場したのがピラミッド付ヘルメットだった。

幼かった私と弟は同世代の他の子供達同様、いわゆる働く車が大好きだった。祖父は私と弟をバイクの荷台に乗せて消防車や、ダンプカー、コンクリートミキサー車等をよく見に連れて行ってくれた。そして祖父のバイクの後ろに乗る際に必ずかぶらされたヘルメットにも、ピラミッドが接着されていた。恐らく交通安全を願ったものであると思われるが今となっては確認するすべも無い。

ある日、いつものように祖父のバイクで出かけていたのだが、祖父の後ろの荷台に私、弟が乗って三人乗りをしていたため、警察に捕まったことがあった。我々は交番に連れて行かれ、祖父は警察官にお説教されながら、違反の書類を書かされていた。その時も我々兄弟はピラミッド付きヘルメットをかぶっていたので、それを怪訝《けげん》に思った警察官が、私と弟のヘルメットを

「ちょっと見せてなー」

と持ち上げた。次の瞬間、若い警察官が見せた驚愕の表情を、私は今でも鮮明に覚えている。そのヘルメットは、単にピラミッドがついているというだけではなく、それ自体が

祖父の手作りだった。手先が器用だった祖父は新聞紙を洗濯糊に浸し、ステンレスのボウルに何重にも貼り付けて半球状に乾かして固めてからペンキで彩色し、頭頂部に厚紙を何枚も重ねてこれまた糊でガチガチに固めたピラミッドをつけたものだった。見えない内側には彩色などなく、新聞の記事が剥き出しであった。しかもあごひも部分は家業で祖母が使っていたゴム紐をホッチキスで留めたものであった。びっくりした警察官は祖父に追加の説教を始め、我々が解放されたのはそこからさらに小一時間程も経ってからのことであった。まあそりゃ新聞紙を洗濯糊で固めたヘルメットは怒られるであろう。しかもピラミッドついてるし。

そんなことがあったにもかかわらず、その後も祖父はピラミッドにこだわり続け、挙句の果てにはピラミッドパワーヘルメットの量産化に乗り出した。もちろん家族からは反対されていたのだが、ある日自宅に大量の販促ポスターが届いたことで祖父が秘密裏に計画を進めていた事実が判明する。一番星が出た頃の夕暮れ時、ピラミッドとスフィンクスを背にし、ピラミッドパワーヘルメットを付けた若い女性が笑いながら砂漠を原付で爆走してるという、すごいセンスのポスターだった。今考えると砂漠を原付で爆走している時点ですでにおかしい。というかどんなデザイナーに依頼したのかを知りたい。頼まれたデザイナーもなぜ止めなかったのだろうか。

この祖父の野望は量産体制が整った段階で、ヘルメットに突起を付けるのは道路交通法違反となるため、販売が認められないという漫画みたいなオチがつき、ただ負債のみが残ったのであるが、仮に生産されていたとしても結果は同じであっただろう。誰も買わないよ、ピラミッド付きのヘルメット。だってどう見てもカッコ悪いんだもの。

両親や祖母は祖父のピラミッドのせいで結構色々大変だったらしい。祖父を反面教師にまじめに育った父と異なり、私自身は祖父の血を脈々と受け継いでいるという強い自覚がある。

いつかエジプトへ行き、ピラミッドとスフィンクスの前で何か感じるかを試してみたいと思っている。

親子関係とは

マリ　満

「年末年始は忙しくなりそうだから、十二月初めに帰省するわ」と、息子からの電話。「お正月に大好きなイクラを予約しておいたのに」と少し残念に思ったが、帰ってきてくれることが嬉しかった。話したいことがあるとのこと。「何だろう?」考えても仕方がないので息子の帰る日を待った。

平年より暖かいその日、私は朝から台所に立っていた。陽が落ちる少し前、息子がリュックサック一つで帰ってきた。少しやせたように見えた。夕食の時には話は出なかった。私もあえて尋ねなかった。食後のコーヒーを淹れていると、息子が東京土産のアンパンをリュックサックから取り出した。アンパンを半分に割った時（今でもよく覚えている）。「選挙に出馬しようと思うので協力してほしい。」私はアンパンを両手に持ったまま「頑張ろう」としか言えなかった。

この時、私の思考回路は作動しないというより、正常に動いていなかったのだろう。子供には職業を押し付けるつもりは全くなかったが、政治家だけはやめてほしいと思っていた。私の思考回路が整備できないまま、息子の選挙の手伝いが始まった。毎日チラシをもって各家を訪問、街頭でのチラシ配り、集会の準備、そのための人集め等々。夜は翌日の準備、睡眠時間は毎日5時間ほど。もちろん家事もできない。夫の理解もあり、私は頑張った。チラシを手渡すことにもだんだん慣れてきた。

「若いんじゃなあ、頑張って」と言ってくださる人。集会の案内の電話をかけると

「そんな人、知らんわ」と言って切る人。

「お母さんなん、大変じゃなあ」と言ってくださる人。毎日毎日、私の頭と心は今までにない経験をしていた。自分の声に耳を傾けてやることさえ忘れていた。息子の知名度を上げることしか考えていなかった。結果は落選。体が震えた。深々と支援者さんの前で頭を下げる息子の姿には今思い出しても涙が出てくる。

一か月ほど経って、

「もう一度挑戦したいから協力してほしい」と言われた。こんな悔しい思いで終わりたくないと思い、引き受けた。毎日息子のチラシとポスターをもって約五十軒を訪問。インターフォンを押すにも勇気が必要だ。「どんな人が出てこられるのか」。留守だとほっとしたり、「いやいや明日また来よう。会うことができればポスターを貼らせてもらえるかもし

れない」と、自分で自分を説得した。ポスターを貼らせてもらえたり、「応援するよ」と励まされると二人の私が一緒に喜ぶ。その力を後押しに、またお願いに歩く。

さすがに夏の暑さはきつかった。しかし、天気の良くない日は在宅の人が多く、そんな日はお願いして歩くには適していた。息子も頑張っていた。私も今までの人生で一番頑張った。「選挙の時だけ連絡してくるなんて嫌な友達だな」と以前思ったことがあるにもかかわらず私はそれもやった。名簿で連絡し、県外の友達にも紹介を頼んだ。やってもやってもすることがある。一人でも多くの人に息子を知ってもらわないと勝てない。今思えば体も心も別の私がいたのではなく、ロボットのように動いていたのかも。途中からしんどいということも感じなくなっていた。ロボットのゼンマイがさび付いていたのだろうか。必死になりすぎ、ロボットも壊れてしまった。私が私に戻った時、息子とぶつかることが多くなった。支援者さんから息子の不出来な部分を指摘されると、私も納得することなので息子に厳しく注意をする。「こんなに毎日息子のためにやっているのに、『ありがとう』の言葉一つも出ないのか」と思ったこともある。息子は私よりずっとずっと大変だっただろう。選挙活動には方程式がない。息子と私の考え方の違いが大きく、ぶつかることが増えた。心身の疲れは増すばかり。息子は私を避けるようになった。私も息子を避けるようになった。「勝利すれば親子だから何とかなる。それまでは頑張ろう。落選させるわけにはいかない。私がもっともっと動いてやらなければ」と動いた。結果、二度目の落選。この頃は息子との溝は深いものになっており、悔しさを共有することもなかった。「我々がこんなになったのは選挙のせいだ」と思った。党からは次回の推薦をもらったが、私は断固反対した。息子とは断絶に近い状態になった。私は眠れぬ日が続き、うつ状態になり、人と会えなくなった。街で息子のポスターを見ると動悸が止まらない。こんな状態が続いた。息子と何度か話し合いをしたがますます溝は深くなった。原因の一つは次回の出馬に反対したことだ。努力だけではどうにもならないのが選挙だと痛感した。社会の役に立ちたいなら他の方法があると思った。アンパンを半分に割った時、なぜ反対しなかったのか、とても悔やまれる。

息子は再度、挑戦している。結果は別としてこの溝は深いものになっている。断絶状態が続いている今、本人から頼まれない限り、手伝いはできない。不安で不安で戦っていたであろう息子をもう少し理解してやればよかった。息子も私も傷ついた選挙への挑戦。息子と食卓を囲む日はもう来ないかもしれない。さみしくないといえばうそになる。さみしい。能力、気力も衰えを感じるこの頃、「元気でいよう」と別の私からの声掛けに応えるようにしている。

母の日にカーネーションの鉢植えが宅配便で届いた。息子からだ。メッセージはなかった。どうしたらいいのか。かえって私の心は乱れてしまった。カーネーションの花はもう咲き終わってしまった。「来年咲く頃に我々はどうなっているのだろうか」。思ってもいなかった息子との断絶状態。

学びました。親子関係のきびしさを。そして今あることに感謝して生活することの大切さを。

おとみおばさん

真篠　久子

自分が老境に入って度々思い出す人がある。それはおとみおばさんだ。彼女は私がもの心つく頃は家族の一員だったので、私は彼女が私の祖母だと思っていた。が、事実は母、恭子の乳母のような人だったのだ。母の実家、松田家は長野県のある村の名主だったそうだが、子供が七人もいる大所帯で祖母は体が弱かったから次女の恭子は松田家が親しくしていたおとみおばさんの家へ預けられて、その家で育ったのだと大分後になって私は聞いた。おとみおばさんは早くに夫を亡くしたが、一人息子がいたそうだ。その息子を東京の大学へまで行かせたが、息子が学友の妹と結婚したことを契機に、息子とは疎遠になってしまったそうだ。母親としては息子が勝手な振る舞いをしたと考え、それを許せなかったのだろう。

おとみおばさんは恭子を我が子のように可愛がって育てたという。松田家は母の父親、治兵衛が財産を食いつぶし、家屋敷を売り払い、一家をあげて東京へ出てきていた。それが昭和十年前後のことらしい。母は女学校を卒業したばかりだったという。

おとみおばさんは松田家が東京へ移ると松田家の手伝いか居候か、その両方をかねたような存在として、あるいは家族の一員というような存在として松田家の家族とともに住むようになった。

恭子が田村家へ嫁いで私が生まれ、次に妹が生まれた直後に、父が結核で床に就いてしまった。おとみおばさんが母のもとへ来て共に生活を始めたのは、多分その頃だろう。

父は四月に亡くなった。その一か月後の五月末、東京最後の空襲で我が家は全焼してしまった。その時の様子をおとみおばさんはよく私達姉妹に語った。おとみおばさんが、生後六か月になったばかりの妹を背負い、母が私の手を引いて風呂敷包みを持って逃げたそうだ。逃げた先は大きな神社の境内で、そこで一夜を明かして朝、帰ってみると家は跡形もなく、まだ燃えていた柱や壊れた食器類が散らばっていたそうだ。積み重ねてあったレコードが燃えた形のまま残っていて、風に吹かれてぺらぺらと舞い上がっていたり、買い込んで物置にストックしておいた木炭が五俵もあったはずなのにすべて灰になってしまったと言った。

残ったものは母と幼子二人とおとみおばさんだけだったのだ。母とおとみおばさんはしばらく呆然として、もんぺが汚れるのもかまわず、そこへしゃがみこんでいたという。それから周りを見回して気づいてみると、水道管がくにゃくにゃに曲がったまま、蛇口から水がちょろちょろと流れていた。それを見て初めて二人は喉が渇いていることに気づいて、その水を手ですくって飲んだ。そこで人心地がついて見上げると地続きの隣家の清岡家が燃えずに残っていた。ぼんやりそれを眺めていると、清岡家の奥さんが出てきて、紙に包んだ握り飯を差し出して言った。

「まあ、よくご無事でいらしたこと。これちょっとだけど召し上がって元気を出してくださいな。うちにも焼夷弾がおちたのよ。でも中学生の息子が二人いたおかげでバケツやホースで水をかけて、ようやく一部屋と廊下の一部を燃やしただけで消し止めることができましたわ。お宅は女手だけですものね、逃げるのが精いっぱいだわ。よく怪我もなく済んで、それが不幸中の幸いというものですわ」

母もおとみおばさんも握り飯のお礼をいうのが精いっぱいだったそうだ。

それから四人は母の実家へ身を寄せた。しかしそこもいつ空襲に遭うかわからないから疎開しようと決めたところだった。とはいっても田舎の松田家の家は既に人手に渡っていたので、行くところはない。仕方なく菩提寺を頼った。寺の二部屋を借りて皆で肩を寄せ合って終戦を迎え、幸い東京、中野の母の実家は空襲を免れたことがわかり、そこへ戻ったのだ。

ちなみに〝おとみおばさん〟という呼び名は母が子供の頃、世話になって以来の呼び方だったということを私は小学校一年生になった頃、知った。

母は二人の子供のためにも働かなければならないと考えたそうだ。そして洋裁なら家にいてできる仕事だからと、洋裁学校へ通って技術を学び、家で洋裁の仕事を始めた。戦後、女性達は和服を脱ぎ捨て洋服を着るようになったから、洋裁はいい仕事になったようだ。昔の和服の生地をスカートやワンピースに作り替える人もいたから、母はそうした注文を引き受けて、おとみおばさんはスカートの裾をかがるとかボタンを縫いつけるというようなことをして母を助けていた。勿論家事一切も引き受けていたので、その合間に母の仕事を手伝ったのだが。

今考えることは、母がミシンをどこで手に入れたのだろうということだ。父の実家に預けておいて空襲を免れたのだろうかなどと思うが、今となっては知るすべがない。母が生きているうちに聞いておけばよかったと思うことはたくさんある。その一つは夫を亡くした母に縁談を持ち込む人もいたらしいが、母の母親が〝貞女は二夫に見《まみ》えず〟と古い道徳観を持ち出して、母の再婚には反対したらしい。実のところ、母自身はどう考えていたのかを私が知りたいと思った頃は、既に母は亡くなっていた。

私が中学生になった頃、おとみおばさんは他所の家へ住み込みで家事手伝いに行っていた。母の収入も少ないし、子供の成長とともに学費など支出は増える一方だったので家計は苦しかったのだ。私も欲しい本などがあっても、〝買って〟とは言えないことをわかり始めていた。

しかし年をとればとるほど体力は次第に限界に近づいていく。他人の家では働けなくなっていく。私が高校生になった頃、おとみおばさんは民生委員の世話で養老院へ入った。一人息子がいたことを隠しおおせることができたようだ。事実、音信不通だったらしいから、おとみおばさんは身寄りのない年寄りだったのだ。が、何十年も一緒に暮らしてきた母の気持ちはどんなだっただろう？　と、想像すると私は切ない気持ちになるが、それを誰にも言うことはなかった。母自身もだんだん仕事はできなくなっていた。

それでも年に一回ぐらいは外出許可をもらって、おとみおばさんは中野の実家にいた母に会いに来た。養老院は八畳ぐらいの部屋におばあさんばかり六、七人が一緒に居るという生活だと言った。プライバシーなど全くない。

そこで、おとみおばさんは八十七歳で亡くなった。母も私も妹も言ってみれば、おとみおばさんに育ててもらったのだ。妹など小さいときは食事を摂るのを嫌がって逃げ回るのをおとみおばさんが追いかけてまで食べさせていたことを思い出す。

今でも一人暮らしの女性は生きにくい社会だが、昔はもっと大変だっただろう。老いては子に従えと言われた世の有り様に、おとみおばさんは従わなかったんだから、その報いを受けたんだという人があるかもしれない。しかし今、そんなことを言う人はあまりいないだろう。子供は成人したら独立した人間だ、誰にも拘束されない、たとえ親であっても子供を親の思う通りにはできないはずだ。

おとみおばさんは、北欧のように一人暮らしの女性が安心して暮らせる社会を夢想していたのではなかったか、しかし日本の現実は遅々として進まないと歯がゆく思っていたかもしれないと私は想像する。

母のミシン

松崎　欣子

大正八年生まれの母は、父亡きあと八年間一人暮らしを貫いて九十一歳で亡くなった。長野県の千曲川を渡った新興住宅地の小さな家が終《つい》の棲家《すみか》であった。母の一周忌がすぎ、家を処分することになり妹と二人で母の家の片づけをした。物のない時代を生き抜いてきた世代の母はあらゆる所に物がストックされていた。段ボール一杯の店名入りの手ぬぐいやタオル。包み紙や袋類も種類別に丁寧に保管され、小さくなった鉛筆や丸く使い込まれた消しゴムは小箱にきちんと集められていた。賞味期限の切れた調味料や缶詰がたっぷりと保存されている。特売だといえばつい買ってしまう母だった。残念だが主のいなくなったこれらの品はいくら母に思い入れがあったとしても処分するより仕方がない。母の死は来るべきものが来た、と冷静に受け止めている自分がいた。押入れの隅に段ボール一箱の雑巾があった。持ち帰って娘達に分けたら「もっと欲しい」と催促されるほど好評だった。

確かに手に程よくなじみ、縁から2㎜ぐらいをしっかり縫い止めしている雑巾はとても使い易い。この雑巾を縫ったのは五十年間使い込んだブラザーの黒い足踏み式のミシンだった。いつも使い終わると油を差し分解掃除して、大事に使っていたから未だにきれいな縫い目でスムーズに動く。つやつやと黒光りしている腰のくびれたミシンで、晩年になっても背中を丸めて縫物をしていた母がそこにいた。座る人のいなくなったミシンを前にして、私は母のいなくなったことが実感として胸にこみあげた。ミシンは母の分身だった。

両親は満州で終戦を迎え、昭和十九年生まれの私を抱えて引き揚げてきた。父の実家に文字どおり裸同然で身を寄せて、母にとっては肩身の狭い居候生活を五年間過ごし、町の小さな貸家に引っ越したのは私が小学一年生の時だった。少し生活が落ち着いた時、母がまず初めに買った家財道具がミシンだった。多分貧しい生活の中から捻出するのはかなり贅沢な買い物だったのだろうが、内職しながら月賦で買った。そこから母の活躍が始まる。子供三人の洋服は中学生までほとんど母の手作りだった。当時は既成の服など手に入りにくい時代だから、どの家庭でも多かれ少なかれ手作りの洋服が多かったが、いいもの好きの母は、上手にセンスのいい生地を買ってきて、田舎の子にしてはおしゃれな服を作ってくれた。小学校低学年の頃、スカートが全円のワンピースを作ってもらい、得意満面で友達の前でまわってみせた。くるくる回るとスカートが全円に広がるのが誇らしかった。六年生の修学旅行は海なし県の長野県は新潟県へ海水浴に行く。当時はプールもなかったし、貧しい家の子は海など見たこともない。水着を持っている子は少なかったが、母は水玉模様の生地で胸にシャーリングでギャザーのよった水着を作ってくれた。女の子の大半は白いシミーズで海に入る中で「すごいなー」とうらやまし気な友達に囲まれて逆に私は恥ずかしかった。母は洋裁教室に通ったわけでもないのに、洋裁の本を見ながら下糸にゴムを使うシャーリングなどという技をマスターした。根が器用な上にセンスもいいから、母の服をよく褒められた。母の親指は特異な形をしていて、根元より先の方が太くて親指の爪は縦より横幅の方が広い。格好が悪いから人前で手を出すのが恥ずかしいと本人は言っていたが、このごつい指先から器用に物を作り出す。不格好でも母のような器用な指になりたかったが、残念ながら三人の子供達には母ほどの器用さは遺伝していない。特に私は棚一つまともにできない不器用な父に似てしまった。家庭科の宿題はほぼ母が縫い直した。

押入の中には大量のコールテンの生地やデニム地・花柄のカーテン地などが買いだめしてあった。店じまいなどで良質の生地が安価で売られていると買いたくなる母の習性は死ぬまで衰えなかった。そんな生地類が段ボール三箱分はゆうにあった。母が八十代半ばをすぎた頃、私が気に入った生地を「欲しい」と頼んだら、「使う予定がある」と断られた。この人いったいいつまでミシン仕事する気だろう、と思ったが案の定その生地は手つかずで押入にそのままあったが九十歳になるまで意欲はあったのだ。これだけ生地のストックがあるのに、座布団カバーや自分用のエプロンを作る時、わざわざ端切れをつぎはぎして作る。そこまでしなくても新しい生地があるでしょうと私は思うのだが、きっと工夫することが楽しかったのだろうと、母の気持ちが今は少し分かる。最後は骨折で入院していた病院で心臓発作を起こして突然亡くなった。前半生は苦労も多かったが、晩年は趣味の世界を広げ押し絵の世界に没頭していた。小さな机の前で無心に手仕事に熱中する母は、死ぬまで退屈することはなかった。

大方の片づけを終え、がらんとした家で妹と二人枕を並べて寝た。翌日飯山市にある「高橋まゆみ人形館」を訪れた。じいちゃんばあちゃんを主人公にした人形達が時にユーモラスに、時に懐かしく並んでいた。私は母のいなくなった実感に胸がいっぱいになり涙がとまらなかった。

落日

高野　千恵子

「君を迎えに行けなくなっちゃった……」

携帯にかかってきた夫の電話。里帰りしていた私のことを、急に迎えに来られなくなったという。

理由は全く見当がつかない。だが、夫のいつもの優しい口調のなかに、ただならぬ気配が混じっているのを感じ、胸の中を、得体のしれない不安が浸食していった。

「どうしたの？　急用でもできた？」

「おれ……、たった今車にはねられて……」

「えっ、なんで？」

頭の中でグォーングォーンと、地鳴りのような音が響いてくる。

「家の前で車にひかれた。体が全く動かない。携帯、そばにいた人に頼んでかけてもらった」

「そんな……」

見慣れた家の前の景色と、アスファルトの路面にぐったりと横たわる夫が、頭の中に浮かび上がる。

「おれ、もうダメなのかもしれない」

「ええっ、何を言っているの？」

「死ぬかもしれない。だから、ちゃんとお別れを言おうと……」

「いやよ！」

やがて、かすかに救急車のサイレンの音が携帯の中から聞こえてきた。

「ああ、救急車だ……さよな」

夫の言葉を遮るように、携帯がプツリと途切れた。一気に力が抜け、穴の開いた空気人形のように、へなへなとその場にくずおれた。

血の気が引くとはこういうことかと、どこか他人事のように思う自分がいた。

同時に、今からどう動けばいいのかと自問もしていた。

『ともかく、駅に向かわなきゃ』

立ち上がると財布と携帯だけつかんでバッグに放り込み、駅へと走り出していた。

『私は夫の生と死の、一体どちらと対面するのだろうか』

悲観と楽観が胸の中でせめぎ合い、攻防を繰り返す。電車の中、車窓を流れていくのどかな景色は、もう私の目には映らなかった。

＊

病院に到着すると夫が集中治療室に移されたことを知った。今はまだ油断がならない状態だと聞かされたが、生きていたことの安堵感から、夫は死にはしないと楽観した。

だがそのあと、手術を担当した医師から受けた説明で途方に暮れた。

頸椎損傷。それが夫に下された症名だ。頸椎がダメージを受けると、神経が切れ、今までのように歩くことも、物を持つことも一生できません。残念ですが、ご主人は身体障がい者になったのですと宣告された。

今までとは違う夫になったのだと言われても、想像がつかない。また、想像したくもなかった。心が事態に追いつかずにいた。

麻酔が切れてすっかり覚醒した夫と面会を果たすと、またこうして生きてあえたことの喜びと、身じろぎもせず、不自由な姿勢で横たわる夫の姿が痛々しく悲しく、相反する気持ちで胸がいっぱいになった。

「ごめんね。こんな体になっちゃって……」

優しい笑顔と共に私をいたわる言葉に、堰《せき》を切ったように熱い涙が溢れ出た。

私より先に医師から説明を受けていた夫は、取り乱すこともなく、驚くほど冷静に自分の体の障がいを受け止めていた。これには私の方が戸惑うほどだった。

夫はこの時、すっかり腹を決めていた。

医師の指示に従い、治療とリハビリを受けて自宅に戻り、私と一緒に暮らすこと。

余生をふたりでどう過ごすのか、穏やかで幸せに暮らすことになるのか。それだけが、夫のこれからの人生の唯一の目標だった。

入院と厳しいリハビリの末、自宅に戻ったのは事故から半年近くたってのことだった。

＊

夫は病院での約束通り、ふたりで平穏に過ごすことに心を砕いてくれた。

お互いが付かず離れずの程よい距離感を見つけだし、一人の余暇も楽しんでいる。

そんな夫を尊敬する気持ち、感謝の念を当時よりも一層深く強く持っている。

かたや私はと言うと、仕事をやめた自分を、長い間受け入れられないでいた。

時には「これでいいのだろうか」と一人悩み、落ち込んだりもした。

仕事を投げうって夫のサポートに専念しようと決断したことを後悔したのではない。

働ける体なのに、働いていない自分は、人としての価値がないのだと、自己否定する矛盾を心に取り込んでいた。

「生産性がない」「介護にかこつけて甘えている」というレッテルを貼られるのではないかと、世間体を気にしていたのだ。

＊

そして今。還暦を過ぎ、夫とゆっくりと人生の下り坂を歩む中、私の中に見える景色は、あの頃とは違ってきている。「世間体」を気にして自分を否定する私はもういない。

たとえば、

野に咲く花を愛らしいと思うこと。

稲穂が風に揺れるのを美しいと感じること。

蛙や虫の鳴く声に生の喜びを感じること。

夕日が案外にぎやかで楽しいと感じること。

本を読むこと。音楽を聴くこと。

夫とふたりでいろんなことを話すこと。

様々なステキが、身近にこんなにもたくさんあることに気づいた。

夫の障害は決して軽くはなく、お互い、立場の違いはあれども、つらく苦しいものではあるのは変わりない。むしろ当時よりももっと難局に直面しているのは事実。夫の障害の程度は年齢による体力の衰えに比例して、少しずつ重度を増しているからだ。

夫は体の痛みやマヒの辛さに弱音を吐き、自棄になって、時には私に当たり、やりあうこともある。私も年を追うごとに、体力や気力、忍耐力が衰えていくのを自覚している。お互い衰えていく一方で、諍いさえも人生の味というものだと思える、心の余白はむしろ広がっている。

夫の障がいを通して、夫から教えられたこと、学んだこと、それが人生の喜びへとつながっていることが山ほどある。

人のこれまで生きてきた軌跡の中に、人として教えられるものがあることを知った。生産性という、経済の多寡で人を判断することで、自分をも見下していた自分に気づかされた。

こう考えられるようになったのも、あの頃、右往左往した自分がいたからでもあると思っている。人生には、無駄がないものだし、ひとは楽天的になれるとつくづく感じる。

これからも続く下り道。夫とふたりで過ごす喜びといっしょに、ゆっくり、ゆっくりと下っていきたい。

人生の落日から眺める、優しく穏やか、それでいてカラフルな、まるでおもちゃ箱の中の積み木のような景色を、これからも、もっとワクワクしながら堪能したい。

＊

「ねぇ、お茶にしてくれないか？　一服しながら一緒にあのドラマの続きを観ようよ」

夫が笑いながら声をかけてきた。

「はぁい、じゃあ今からお湯を沸かすね」

そう言って、キッチンへ向かう。

二人はついさっき口ゲンカしたばかり。が、お互いいつまでも根に持たないから、いくらでも場面はあっという間に好転する。

やかんに火をかけると、そっと振り返り、キッチンからリビングのほうへ視線を移す。

『ねぇ、わたしたちの人生の落日も、案外捨てたもんじゃないわね』

車いすに座る、夫の後ろ姿に向かってそっと心の中でつぶやくと、ひとり微笑んだ。

人生十人十色 7

2025年 4 月30日　初版第 1 刷発行

編　者　「人生十人十色 7 」発刊委員会
発行者　瓜谷 綱延
発行所　株式会社文芸社
〒160-0022 東京都新宿区新宿1－10－1
電話 03-5369-3060（代表）
03-5369-2299（販売）

印刷所　株式会社晃陽社

ISBN978-4-286-26622-0